HISTOIRE

DE LA

CÉRAMIQUE LILLOISE

PRÉCÉDÉE DE

DOCUMENTS INÉDITS

CONSTATANT

la Fabrication de Carreaux Peints & Émaillés

EN FLANDRE ET EN ARTOIS AU XIVe SIÈCLE

par

J. HOUDOY.

ÉDITION NOUVELLE AVEC PLANCHES.

PARIS
AUGUSTE AUBRY
LIBRAIRE DE LA SOCIÉTÉ DES BIBLIOPHILES FRANÇOIS
RUE DAUPHINE, 16.

MDCCCLXIX

Lille. — Imprimerie L. Danel.

HISTOIRE

DE LA

CÉRAMIQUE LILLOISE

HISTOIRE

DE LA

CÉRAMIQUE LILLOISE

PRÉCÉDÉE DE

DOCUMENTS INÉDITS

CONSTATANT

la Fabrication de Carreaux Peints & Émaillés

EN FLANDRE ET EN ARTOIS AU XIVe SIÈCLE

par

J. HOUDOY.

PARIS

AUGUSTE AUBRY

LIBRAIRE DE LA SOCIÉTÉ DES BIBLIOPHILES FRANÇOIS

RUE DAUPHINE, 16.

MDCCCLXIX

 A PREMIÈRE édition de ce livre, tirée
à un nombre d'exemplaires très-res-
treint, n'a point été mise en vente.
C'est ce qui nous a décidé à le publier
à nouveau, après avoir refondu tout notre travail et l'avoir enrichi, c'est le terme consacré,
d'un grand nombre de documents inédits, dont
quelques-uns intéreſſent non plus seulement une
induſtrie locale, mais l'histoire même de la
Céramique.

Peut-être nous reprochera-t-on précisément
l'étendue des citations textuelles que nous aurions

pu analyser & restreindre ; mais nous avouons naïvement que nous avons écrit ces pages pour nous & pour quelques spécialistes, & que nous n'avons jamais espéré que personne trouverait à lire les documents que nous publions, le plaisir que nous avons eu à les recueillir & à les rassembler.

Les curieux nous excuseront ; ils savent les enthousiasmes que provoquent certaines recherches & le prix qu'ajoute aux documents trouvés la difficulté que l'on a eue à les deviner & à les découvrir. — Dans les Archives, tel fait affirmé par une pièce semble parfois contredit par un renseignement trouvé le lendemain ; il faut comparer, juger ; & il pourrait arriver, il arrive même souvent qu'en analysant, au lieu de reproduire, on altère involontairement, sous la préoccupation d'idées préconçues, le sens ou la portée des titres. Et puis il y a nous ne savons quel charme dans la naïveté des pièces originales qui disparaît sous la traduction moderne. Nous faisons l'histoire d'une industrie, d'un art un peu primitif ; respectons le lyrisme prolixe de ces artisans fiers & heureux de leurs découvertes & de leurs travaux ; plus que d'autres, nous avons le devoir d'être indulgents pour leur enthousiasme, nous qui aujourd'hui recueillons leurs

œuvres pour les placer dans nos collections &
dans nos musées.

L'histoire des Faïences, limitée même aux
produits des manufactures françaises, sera une
œuvre longue & difficile à mener à fin. Depuis
l'époque de la Renaiffance jusqu'à la fin du dix-
huitième siècle, les manufactures françaises, en
dehors des objets vulgaires & de fabrication
courante, ont produit des pièces de service &
d'ornementation : carreaux de revêtement, plats
d'apparat, vastes baffins, aiguières, rafraîchis-
soirs, fontaines monumentales, vases & cent
objets divers qui se rattachent à l'art, soit par
l'originalité ou la pureté de la forme, soit par
le goût du décor ou la qualité des émaux,

Aujourd'hui les ruftiques figulines de Bernard
Palissy & de ses continuateurs, les faïences
dites de Henri II, dont M. Benjamin Fillon a
retrouvé l'origine, les majoliques de Nevers, les
fervices à lambrequins de Moustiers, la vaisselle
armoriée de Rouen, les faïences de choix des
usines de Marseille, Niderwiller, Strasbourg,
Sinceny, Saint-Amand, Lille et autres centres
de fabrication encore inconnus, tous les produits
enfin qui révèlent des préoccupations artistiques,
ou qui consacrent par une date ou une inscription des évènements historiques, sont sortis un

à un des limbes du bric à brac pour entrer dans le domaine de la curiosité, & ont conquis dans les collections publiques ou dans les cabinets plus modestes des amateurs, une place qu'on ne leur dispute plus.

Grâce au patronage encourageant d'artistes et d'érudits, on ose maintenant se dire hautement amateur de faïences, sans trop redouter le sourire des puristes exclusifs pour qui l'art céramique a commencé et fini avec les terres cuites, grecques et étrusques, dont moins que personne nous avons envie de contester, au point de vue de la forme, l'incontestable supériorité artistique. Du reste, cette faveur dont jouiffent les faïences anciennes, n'eût-elle pour résultat que de provoquer la renaiffance d'une industrie de luxe, ce serait affez pour venger de quelques épigrammes les collectionneurs convaincus. On peut dire aujourd'hui que ce but a été atteint, et l'Exposition universelle a montré quelques spécimens de Céramique moderne que se disputeront les curieux de l'avenir.

Les galeries de l'histoire du travail, qui n'auront pas été le moindre attrait de l'Exposition de 1867, ont étalé, sinon d'une manière complète, au moins largement suffisante, une réunion singulièrement instructive des anciennes faïences

d'origine française, & parmi celles-ci les produits de nos fabriques lilloises ont figuré avec
honneur. Il faut lire à ce sujet les remarquables
articles publiés dans la GAZETE DES BEAUX-ARTS
par M. Albert Jacquemart, dont nous n'osons
ici vanter, autant que nous le devrions, la science
et l'affabilité, précisément parce qu'il a parlé
avec trop de bienveillance de nos modestes
recherches.

PRÉFACE

DE LA PREMIÈRE ÉDITION.

’EST en 1844 que M. Brongniart,
le célèbre directeur de la Manufac-
ture de Sèvres, a publié, avec une
compétence sans rivale, son Traité
des Arts céramiques. Depuis lors, sous l’influence
du goût, parfois plus capricieux qu’éclairé, dont
le public s’est épris pour les porcelaines françaises & étrangères, & surtout pour les faïences
aux riches émaux, quelques livres spéciaux ont
paru, qui, bien qu’ils euffent presqu’uniquement

pour but de venir en aide aux collectionneurs déroutés par la multiplicité des types, l'arbitraire & la confusion des attributions, n'en ont pas moins enrichi de renseignements nouveaux l'histoire incomplète des industries céramiques.

Du reste, caprice de désœuvrés ou fantaisie raisonnée d'amateurs, la vogue des porcelaines & des faïences, en exagérant les prix de vente, aura eu un résultat utile. La fpéculation, alléchée par des trouvailles heureuses, a fouillé la province, & de toutes parts les produits de nos anciennes fabriques, en venant tenter les collectionneurs sur les tables des commiffaires-priseurs & aux étalages des marchands, ont apporté à l'étude des documents auffi nombreux qu'intéreffants, dont la fcience a su tirer profit.

Parmi les travaux récents inspirés par l'amour intelligent de la Céramique moderne, il en est deux principalement qu'il faut consulter, en raison de leur incontestable mérite & des foins qui ont présidé à leur publication ; ce sont, par ordre de date : » A History of Pottery and Porcelain », par M. Marryat [1], & l'Histoire artistique, industrielle & commerciale de la

---

[1] London, 1847. Traduit par MM. Darmaillé & Salvetat ; Paris, J. Renouard, 1866.

PORCELAINE, par MM. Albert Jacquemart &
Edmond Leblan.[1] Ce dernier ouvrage, comme
l'indique son titre, ne s'occupe que de la Porcelaine. Espérons que MM. Jacquemart &
Leblan donneront bientôt un digne complément
à leur œuvre, en publiant une histoire générale
des Faïences françaises.

Espérons auffi voir bientôt paraître le livre de
M. André Pottier [2], si impatiemment désiré;
une monographie des célèbres manufactures de
Rouen, telle qu'on peut l'attendre de cet archéo-
logue érudit, éluciderait bien des questions
encore douteuses.

Quant à M. Riocreux, le savant conservateur
du musée de Sèvres, depuis qu'en collaboration
avec M. Brongniart, il a publié la DESCRIPTION
DU MUSÉE CÉRAMIQUE, qui a pris sous sa direction un si intelligent accroissement, il n'a rien
donné à l'impreffion du résultat de ses inceffantes
études. C'est que les renseignements recueillis
& contrôlés par lui pendant de longues années,
demanderaient bien du temps pour leur clas-

---

(1) Paris, Teschener, 1862.

(2) Depuis que ceci a été écrit, M. Pottier est mort sans avoir pu
réaliser son projet, mais les notes qu'il a laiffées sont actuellement
en cours de publication.

sement & leur publication ; c'est surtout que la critique exigeante du savant ne sera satisfaite que quand il pourra donner, comme prouvées & incontestables, bien des affirmations qui ne sont encore pour lui que d'ingénieuses hypothèses ou de doctes probabilités. Mais, du moins, la science inédite de M. Riocreux est au service de tous les amateurs qui la désirent consulter, & personnellement, nous nous faisons gloire des leçons que nous avons prises auprès de lui.

Nous ne sommes pas peu confus de citer tant de noms célèbres, & cela à propos de l'œuvre modeste dont nous avons hâte d'indiquer le but. Il serait utile, pensons-nous, pour faciliter les vastes travaux d'ensemble, que dans toutes les villes où existèrent des fabriques de faïence ou de porcelaine, on s'occupât de recueillir, sur ces divers établiffements, tous les renseignements particuliers que peuvent renfermer les archives, ou qui sont consacrés par des traditions locales. Portées à la connaiffance des hommes fpéciaux, ces monographies, après qu'elles auront subi le contrôle de la publication, serviront de documents pour écrire une histoire générale à la fois plus exacte & plus complète.

C'est ce travail que nous avons essayé pour la Céramique Lilloise, insuffisamment connue ;

mais avant de commencer cette étude, c'est pour nous un devoir & un plaisir de remercier M. Auguste Descamps, l'hôte affidu de nos archives, qu'il sait si intelligemment consulter, du concours utile qu'il nous a généreusement prêté, en nous facilitant des recherches qui, sans son aide, seraient restées plus incomplètes encore. Si quelque renseignement curieux nous a échappé, le public retrouvera, dans le travail que M. Descamps prépare sur toutes les industries, non seulement de la ville, mais de la province, les détails utiles que notre inexpérience aura omis de relever & d'insérer dans les quelques pages qui suivent.

Lille, 1863.

FABRIQUES DE FAÏENCE

au XIVᵉ siècle

A YPRES & A HESDIN.

 VANT d'aborder l'étude des Faïences & des
Porcelaines Lilloises, nous avons hâte de
donner la publicité aux pièces ci-après qui
attestent, d'une manière presque indiscutable,
la fabrication de la faïence peinte, dès la fin
du quatorzième siècle, dans la Flandre & dans l'Artois.

Mettons tout d'abord sous les yeux des juges, les titres
curieux dont nous livrons l'examen à la sagacité des his-
toriens spécialistes. Ils verront que la fabrication dont il
va être question, doit prendre date dans l'histoire de la
Faïence, nous le croyons fermement, en raison de la part
prédominante que la peinture s'attribue dans cette fabrication.

Cette intervention de la peinture est en effet un obstacle absolu à ce que les œuvres, dont nous allons parler, puiffent être rangées parmi les poteries à engobe & verniffées. Voici d'abord les lettres-patentes de Philippe-le-Hardi, datées de Lille en 1391 : [1]

A tous ceulx qui ces préfentes lettres verront ou oiront, Maire et Efchevins de la ville d'Arras, falut. Savoir faifons que le xviiᵉ jour de décembre, l'an ᴍ iiiᶜ iiiixˣ & unze, nous veifmes & leufmes mot après autre, les lettres-patentes de Notre Très-Grand & Très-Redoubté Seigneur M. S. le duc de Bourgongne, conte de Flandres & d'Artois, faines & entières, en fcel & en efcriptures defquelles le teneur fenfieut. Philippe, fils du roy de France, duc de Bourgongne, conte de Flandres & d'Artois, &c., &c., à tous ceulx qui ces préfentes lettres verront, falut. Savoir faifons come de piécha nous euffons retenu à nous et en notre fervice, Jehan du Mouftier, de notre ville d'Yppre, & Jehan le Voleur, ouvriers de *quarriaux pains et jolis*, pour nous fervir ou dit ouvraige, et il foit ainfi, que pour ce que les dis du Mouftier & Voleur ne fe pouoient accorder d'ouvrer enfemble, felon ce que par aucuns de nos gens nous auions fait marchander à eulx, & nous avons depuis ladite retenüe de eulx d'eulx enfemble mis au nient, & retenu par nos aultres lettres de nouvel le dit du Mouftier. Et pour ce que nous défirons à *avoir beaucop dudit ouvraige*, et que le dit Jehan le Voleur fe volrait voulentiers employer, fe comme il dift, & par plufieurs fois nous a montré *des quarreaulx qu'il a fais qui ont efté bien à noftre plaifir*, & auffi pour la bonne relacion qui faite nous a efté du dit Jehan le Voleur, ycelly Voleur avons retenu & retenons de nouvel par ces préfentes, à nous & en notre ouvrier du dit ouvraige, & par marché fait à lui de notre commandement exprès par aucun de nos gens, nous fommes accordés & accordons avecques lui de livrer pour nous, en notre ville de Hesdin, autant du dit ouvraige qu'il poira faire, à nous en vaulrons avoir pour le pris & la manière qui s'en fuit : C'eft affavoir que des dis quarreaux qui feront faits & ouvrés de la grandeur *et pains dudit Voleur des pain-*

---

(1) Archives générales du Nord, carton B, 1133.

tures que nous les vaulions avoir; tant de ceulx qui seront *pains à ymaiges et chiponnés,* comme de ceulx qui serront *pains à devises et de plaine couleur,* par l'ordonnance de notre amé vallet chambre & paintre Melcior Broederlein, l'un parmi l'autre, autant que de chacun des dis ouvraiges duquel que ce soit nous vaulrons avoir, & que ledit Voleur livrera pour nous, ou dit lieu de Hesdin, ycelli le Voleur aura de nous de quatre pies et demi pié de moison (1) (au pié de notre ville de Hesdin), un franc d'or, & par ce se doit pourveoir à ses frais, périls & despens, de vallés, de tieulaux, de four, feu, plonq, terre, *paintures,* busche, charbon, *et de toutes autres choses quelconque nécessaires* pour la fachon des dits quarreaux, sans ce que nous ferons tenus de livrer ou faire livrer pour ce chose quelle que elle soit; pour les quels ouvraiges encomenchier & pour le dit Voleur soy pourveir *des matières et étoffes* & faire le four pour ce néceffaire, nous li ferons présentement faire preft à che commencement, de la fomme de chinquante frans d'or, par Pierre de Montbertaut, à présent n° receveur d'Arras & de Bappalmes, dont ledit Voleur sera tenu de lui faire bonne feureté de livrer en notre ville de Hesdin du dit ouvraige, autant que par le dit marché la dite fomme puet monter, à notre bailli du dit lieu de Hesdin & au dit Melcior, notre paintre, dedens le jour du Noel prochain venant, les quels bailli & Melchior nous avons député & ordonné, députons & ordonnons par ces meismes présentes à recevoir pour nous le dit ouvraige & tout autre que par ledit Voleur sera fait & livré. Si donnons en mandement à notre amé & féal trésorier, Pierre du Chelier, que par le dit Montbertaut face tantot & incontinent délivrer en prest, audit le Voleur, la dite fomme de chinquante frans d'or, en prenant de lui la dite caution & feureté, & auffi par icelli receveur ou par celli que pour le temps le sera, contenter le deffus dit le Voleur de tous les autres quarreaux qu'il livrera en la manière & felon les convenances deffus dites, & in rapportant sur ce certifficat des dis bailli & Melcior, avec quictanche du dit le Voleur de ce que ainsi il aura recheu pour l'ouvrage deffus dit, & pour la première fois feulement, coppie du vidimus de ces présentes soulx fcel autentique ou collationné par l'un de nos fecrétaires. Nous voulons tout ce que ainsi paié en serra, avoir alloué es-

---

(1) *Moison,* mesure.

comptes & rabattu de la recette dudit receveur, par nos amés & féaulx les gens de nos comptes, à Lille, sans contredit ne difficulté, non obftant ordenance, mandemens ou deffences à ce contraires. En temoing de ce, nous avons fait mettre notre fcel à ces lettres.

Donné à Lille, le penultime jour d'aouft, l'an de grâce M_CCC IIII^xx et unze, ainsi fignées par M. S. le Duc, T. Gherbode. Au dos desquelles lettres estait escript Pierre du Celier, trésorier, M. S. le duc de Bourgoigne, Pierre de Montbertaut, receveur d'Arras & Bappalme, d'Avesnes & d'Aubigny, adcompliffies le contenu au blanc de ces présentes par le manière que n° dit S. le mande.

Escript à Arras, le IIIIe jour de septembre, l'an M CCC IIII^xx & unze. Ainsi signé P. Ducelier.

En tesmoins desdites lettres ainsi avoir veues, nous maire & eschevins deffus nommés, avons à cest présent transcript ou vidimus, mis & appendu le scel aux causes de le dite ville d'Arras.

Che fu fais l'an & xvii° jour deffus dit.

La pièce qui va fuivre établit que l'ordonnance n'est pas restée sans effet. Voici la réalisation de l'avance des cinquante francs d'or :

A tous ceulx qui ces présentes verront ou oiront [1], Fremin le jouene, conseiller de N. T. R. S. M. S. le duc de Bourgogne, & son bailli de Hesdin, falut. Sachent tous que par devant nous présent Philippe Lescot, receveur de Hesdin, sont venu & comparut personnes Jehan le Voleur, *paintre*, & Jacquemart Boistel, demeurant à Hesdin, lesquels & chacun d'eulx, pour le tout, ont en notre main rapporté en non de feureté, tous biens, moebles & hirtages que ils ont & poent avoir en la ville & baillieu de Hesdin, pour faire caucion de la fomme de chinquante frans d'or, la quelle par M. d. S. a esté ordenné estre bailliée par Pierre de Montbertaut, receveur d'Arras & de Bappalmes, au dit paintre, pour faire provision des estoffes et matière néceffaires à *faire quariau pains pour pauer*, comme par mandement de N. T. R. S, donné ce penultime jour d'aoust,

(1) Archives du Nord. carton B, 1151.

l'an ᴍ ᴄᴄᴄ ɪɪɪɪˣˣ & unze, poet apparoir ; laquelle caucion nous a esté, par plusieurs personnes dignes de foy, relasté estre souffisante.

Donné en tesmoin de ce, soubs le scel dudit bailli, le xvɪᵉ jour de décembre ᴍ ᴄᴄᴄ ɪɪɪɪˣˣ et unze.

Mis en émoi par les pièces ci-deffus, nous avons cherché dans les comptes d'Artois[1], & nous y avons trouvé, en 1393, l'article ci-après :

A Jehan le Voleur (le comptable analyse d'abord longuement les lettres-patentes que nous avons reproduites *in extenso*, & il ajoute) : Depuis mon dit seigneur a affigné le dit Voleur sur le dit receveur d'Arras, pour eftre paies en la forme & manière que le marché le contient & que cy-deffus est déclairée, si comme par ses autres lettres sur ce faites données à Paris le xxvɪ⁰ jour de janvier, l'an ɪɪɪɪˣˣ xɪɪ appert, dont la coppie avec celle du marchié deffus dit, est icy rendue à court, par lesquelles dites lettres icelui seigneur a commis meffire Laigle de Sains, chᵉʳ & chastellain de Hesdin, avec le dit bailli, à recevoir le dit ouvraige, par l'absence du dit Melcior qui est ales demourer en la ville d'Yppres, lequel Voleur a livré du dit ouvraige de quarreaux jusques à la somme de vɪɪ⁰ xɪɪɪ pies & demy de quarreaux, si qu'il appert par la certiffication du deffus dis, donné le xvɪɪ⁰ jour de febvier, l'an ɪɪɪɪˣˣ xɪɪ, qui valent au pris de ɪɪɪɪ pies & demi pour un franc, comme ci-deffus est déclarée, vɪɪˣˣ xvɪɪɪ fˢ demi, de laquelle somme fu pieca baillée au dit Voleur, si comme il dift en preft, sur le dit ouvraige par le dit Pierre de Montbertaut, & dont mention doit estre faite es comptes du bailliage d'Arras finis à la chandeler, l'an ɪɪɪɪˣˣ xɪ, ʟ. fr. paier au dit Voleur, pour le demourant & parpaie de la dite groffe somme ᴄ vɪɪɪ fˢ demi, & quil appert par sa quittance rendue à court avec toutes les lettres deffus dites, qui valent monnaie de ce compte. (2)   ɪɪɪɪˣˣ vɪˡ xvɪˢ

---

(1) Premier, second et tiers compte Jehan des Poullettes, receveur du bailloge d'Arras, depuis la chandelle l'an ᴍ ᴄᴄᴄ ɪɪɪˣˣ et xɪ, jusques à la saint Jehan-Baptiste, l'an ᴍ ᴄᴄᴄ ɪɪɪˣˣ et xɪɪɪ tout inclus (*non folioté*).

(2) C'est la livre de quarante gros; le franc valait trente-deux gros ou sous, monnaie de Flandre.

L'année suivante, au compte de 1394, nous lisons encore, après une nouvelle analyse du marché intervenu entre le duc & Jehan le Voleur :

Il apparaît par certiffication de M. S. Laigle de Sains, ch^{er} & chastellain de Hesdin, & du bailli d'Illec, lequel Voleur a fait & livré, du commandement de mon dit Seigneur, au deffus dis comis, iiii^c lvii pies de *quarreaux pains et jolis*, au dit piet de Hesdin (& y ceulx mis en garnison au dit chastel, le xiie jour de septembre, l'an m iii^c iiii^{xx} & xiii, valent les iiii^c lvii pies deffus dis, audit pris ci^l viii^s x d. ob., sont monnoie de ce compte.   iiii^{xx} $_l^l$ iiii^s x^d

Puis enfin, au compte de la même année, au chapitre des dons :

A Jehan le Voleur, *ouvrier de quarreaux pains et jolis de Monseigneur*, auquel mon dit Seigneur, tant pour les bons & agréables (1) qu'il lui a fais en l'ouvraige de ses dis quarreaux & auftrement, comme pour lui aidier *à supporter les grans frais et missions qu'il lui a convenu faire et soustenir pour trouver et avoir les estoffes et matière*, & auffi faire le four & les autres abillemens néceffaires pour les dis ouvraiges, il a donné de grâce especiale audit Voleur, pour cefte fois, la fomme de l f., non obfttant les convenanches du marché fait de par mon dit S^{our} au dit Voleur, pour livrer ledit ouvraige, & que autrement n'appere des dis frais & miffions, ordonnance, mandement ou défence à ce contraire, si comme il eft plus ad plain es lettres-patentes de mon dit S^r sur ce, données à Paris le iiiie jour de fevrier, l'an m ccc iiii^{xx} xii, datées du xviie jour de fevrier, par vertu desquelles le dit receveur a paié audit Voleur la fomme de l f^s valent   xl.^{l}

A partir de 1395, des lacunes exiftent aux archives dans la comptabilité d'Artois & nous n'avons pu continuer nos recherches dans le même sens. Les citations que nous avons

---

(1) *Services*, mot oublié par le comptable.

faites sont, du refte, suffisantes pour établir que la fabrication si énergiquement encouragée par Philippe-le-Hardi, n'eft
pas refté à l'état de projet, & que les carreaux ont été
fabriqués & livrés au duc, qui s'en était réservé l'attribution exclusive. Nous avons voulu, en dehors des regiftres
de la recette générale de Flandre, chercher dans des comptes
spéciaux, si nous ne verrions pas, aux époques précitées,
quelque mention de l'emploi des carreaux fabriqués, & notre
espoir n'a pas été déçu.

Ainsi, dans un compte spécial[1] pour la conftruction d'une
salle deftinée aux noces d'Antoine de Bourgogne avec
mademoiselle de Saint-Pol, nous avons trouvé un premier
renseignement sur l'emploi des carreaux de Jehan le Voleur.

Voici la description que donne le comptable, en tête de
son compte, de ces conftructions élevées dans le praiel de
l'hôtel du duc, à Arras :

Ouvraiges d'une grande salle de bois pavée tout au lonc de carreaux blancs[2], une chambre à parer seant au bout de la dite salle,
une chambre joignant à ladite salle, deux chambrettes, l'une regar-
dant en ladite salle & l'autre en la chambre à parer, & à en l'une
une cheminée de briques & est icelle chambrette pavée de *carreaux
de painture*.

La chambre à parer était la chambre d'apparat; c'est là
que sous un dais de drap d'or était placé le siége du duc.
Cette salle était entièrement tendue de tapifferies de haute
liffe que l'on avait fait venir d'Hesdin, & la chambrette qui

---

(1) Archives générales du Nord, A 187. — Comptes de feu Oudot-Luftet comis,
en son vivant à faire les paiemens de la salle et chambre neufves, faites à Arras pour
les noces de Anctoine M. S., au mois d'avril, l'an ᴍ ᴄᴄᴄ et deux.

(2) Carreaux de pierre blanche, disent les comptes; ils sont payés à 10 sols le cent.

y accédait, & qui était sans doute réservée aux époux, avait
pour pavage les carreaux dont les prix ne figurent pas aux
comptes, par ce que le duc les avait fait venir de Hesdin,
où nous avons vu qu'il les tenait en *garnison*, avec ses
tapifferies.

Jehan le Voleur figure, du refte, dans ce compte :

> A Jehan le Voleur, paintre, demeurant à Hesdin, pour avoir
> paint de blanc & de rouge le grand drechoir, une grande colonne
> & ix grandes perches pour mettre les estendars & bannières de M. S.
> & furent pains à oile.   xxxiii^s

Enfin, nous avons voulu parcourir aux mêmes époques
la comptabilité du baillage d'Hesdin, qui consacre chaque
année un chapitre à enregiftrer les travaux exécutés au château, & nous y avons lu ce qui suit relativement à l'emploi
des carreaux en queftion :

> A Simon le Thieullier, pour avoir répavé de neuf pavemens, au
> commendement de M. S. de Bourgongne le neuve gloriette. (1)
>   xi^s vi^d
> A Jehan le Voleur, paintre, *qui avait fait le dit pavement et qu'il le*
> *mist à point et aida à ordener et à drecher* audit Simon, qui l'affeoit &
> y vacqua par iiii jours.   xvi^s

Cette longue intervention du peintre, auteur des carreaux,
ne prouve-t-elle pas déjà surabondamment qu'il s'agit ici
d'un tableau, & qu'il était néceffaire de donner à chaque
carreau sa place spéciale, pour former un ensemble décoratif.

Dégageons maintenant, par un résumé rapide, tous les

---

(1) Archives générales, H 560. — Compte de 1392.
(2) *Gloriette*, petite chambre très-ornée (Carpentier, Glossaire).

faits qui reffortent des titres que nous avons reproduit *in extenso*, afin que chacun puiffe en peser tous les termes.

Antérieurement à 1391, une affociation pour la fabrication des carreaux d'une nouvelle espèce, s'était formée, sous les auspices du duc de Bourgogne, entre Jehan Dumoustier, résidant à Ypres, & Jehan le Voleur, peintre de profeffion. Les affociés n'ayant pu s'entendre, le duc Philippe rompit l'affociation & retint à son service, par lettres spéciales, Jehan Dumoustier, en l'autorisant à continuer sa fabrication à Ypres; & bientôt après, en 1391, voulant avoir *beaucoup du dit ouvrage*, le duc autorisa, d'un autre côté, Jehan le Voleur a établir une seconde fabrique dans la ville de Hesdin, sous la surveillance & la direction de son peintre, Melchior Broederlain. Il s'engagea, en outre, à prendre livraison de tout ce que Jehan le Voleur fabriquerait, moyennant le prix accepté de un franc d'or par chaque mesure de quatre pieds & demi de carreaux. Le duc consentait de plus, à faire, moyennant caution suffisante, une avance de cinquante francs d'or, pour l'établiffement du four & l'achat des matières premières néceffaires à la fabrication.

Cette avance fut réalisée le 13 octobre de la même année, & les comptes du bailliage d'Arras nous ont fourni la preuve du paiement de deux livraisons de carreaux faites au duc par Jehan le Voleur. La première, le 17 février 1392, comprenant sept cent treize pieds; la seconde, qui eut lieu le 13 feptembre 1393, quatre cent cinquante-sept pieds, qui furent payés au prix convenu. De plus, en témoignage de sa satisfaction, le duc, par une lettre datée de Paris, fit donner à *son ouvrier de quarreaux* cinquante francs d'or à titre de gratification.

Nous avons reproduit ensuite deux extraits du compte d'Arras & de Hesdin, établiffant l'emploi de quelques-uns de ces carreaux *à la court* d'Arras & au château de Hesdin.

Quelle est la conséquence à tirer des faits que nous venons d'exposer? Sommes-nous ici en présence d'une invention, d'une induſtrie nouvelle; ou s'agit-il tout simplement de la fabrication de carreaux de potiers à engobes, plus ou moins bien décorés?

Cette dernière hypothèse ne réſiſte pas à l'examen. *Carreaux pains et jolis, carreaux de painture, carreaux à ymaiges, carreaux à devises et à plaine couleur;* toutes ces qualifications, toutes ces expreſſions diverses, n'ont jamais été, que nous sachions, appliquées aux carrelages à incruſtations & à engobes connus & employés depuis un siècle au moins, à la date qui nous occupe. M. Jacquemart l'a établi, comme tous les archéologues, dans son livre *les Merveilles de la Céramique*, & dans ce pays même, la cathédrale de Saint-Omer poſſédait, depuis le XIIIᵉ ſiècle, un magnifique pavage de carreaux gravés & inscruſtés, dont M. L. Deschamps, de Pas, a donné la reproduﬅion dans son *Essai sur le pavage des églises, aux XIIᵉ et XIIIᵉ siècle.* [1]

Les carreaux pains et jolis, dont Philippe-le-Hardi décorait sa *gloriette* de Hesdin & le boudoir de la chambre de parade de son palais d'Arras, étaient donc une invention nouvelle; la faïence peinte & émaillée, sans nul doute, parce que la faïence explique seule, à la fin du XIVᵉ ſiècle, & les termes des titres reproduits & l'enthousiasme du duc Philippe.

Il eſt même eſſentiel de tenir compte du milieu dans lequel cette invention se produisait, de rappeler ce qu'était le prince qui s'en faisait le protecteur, & de faire connaître le mérite artiſtique de Jehan le Voleur & de Melchior Broederlin, pour que l'on eſtime à sa juste valeur une induſtrie que le duc de Bourgogne prenait si spécialement sous sa protection;

[1] Annales archéologiques, tomes X et XI.

dont il se réservait tous les produits & dont il s'occupait même à Paris (la lettre de gratification eft datée de cette ville), au milieu des soucis de sa politique aventureuse.

Philippe-le-Hardi, fils du roy de France, comme disent tous les titres, duc de Bourgogne & comte de Flandre, était, à cette époque, un des plus puiffants souverains de l'Europe; il était renommé par son luxe & par la splendeur de ses fêtes, & l'œuvre qui excite chez lui un enthousiasme (le mot n'eft pas exceffif), égal à celui qui éclate dans ses lettres, n'était pas une œuvre vulgaire. Ces *carreaux pains et jolis* étaient la première tentative de poterie émaillée & non verniffée, & pouvant, par conséquent, se prêter à la peinture. Peut-être objectera-t-on que dans l'énumération des matières premières néceffaires à la fabrication & relatées dans les aftes, l'étain ne figure point; à cela il y a deux réponses à faire.

Premièrement, que l'inventeur a pu vouloir tenir secret précisément ce qui conftituait la base de son invention; est-ce que l'on ne sent point, en effet, le myftère dans les termes du comptable qui inscrit la gratification? *Pour lui aidier à supporter les grans frais et missions qu'il lui a convenu faire pour trouver les estoffes et matières.* Peut-on penser que ces étoffes & matières, si difficiles à trouver au XIV° sièle, étaient les argiles vulgaires des potiers ou ce vernis de plomb employé depuis de si longues années?

Secondement, qu'une induftrie naiffante n'avait évidemment pas sa langue technique toute formée, & qu'en prenant à sa charge la fourniture des *tieulaux, four, feu, plonc, terres, paintures et de toutes autres choses quelconques,* Jehan le Voleur, peintre de profeffion, comprenait nécessairement parmi les *paintures,* c'eft-à-dire les matières nécessaires à la décoration de ses carreaux, l'oxyde d'étain qui devait former le fond blanc, l'émail; c'était pour lui une couleur au même titre que les autres oxydes métalliques, fer ou cuivre, qui devaient lui donner le rouge ou le vert.

Ajoutons encore que le prix relativement élevé auquel l'inventeur livrait ses carreaux, écarterait, même si elle était poffible, toute idée d'affimilation entre ses produits & les carreaux de potiers. Veut-on, du refte, une preuve authentique du prix relativement infime des ouvrages en terre? la voici : [1]

Je, Testars, boutilliers de ma T. R. D. madame la comteffe de Bar & dame de Caffel, fais favoir à tous, que l'an м ccc lxv, le xiii⁰ jour de février, je receu de Jehan Roillon, receveur pour l'ostel de M. d. D., cinquante pintes de terre, en prix de dix fols fors viez, [1] & cinq deniers, & deux gros pour le meffagé qui apporta les dites pintes de Verdun. C'est en fomme treze fous un denier donné foubs le fcel de M. Jehan Lehacle, chappelain de M. d. Dame, a deffaut d'ou mien, l'an & le jour deffus dit. [2]

Le duc Philippe s'engageait, nous l'avons dit, à prendre livraison de ce que *Jehan le Voleur, ouvrier de quarreaux, pains et jolis de Monseigneur,* pouvait fabriquer, & cela à un prix uniforme, tant pour les *carreaux pains à imaiges et chiponnés, que pour ceux à devises et à plaine couleur, par l'ordenance de notre amé vallet et paintre, Melcior Broederlain.* Nous ne savons quelle est la signification précise de cette expreffion *chiponné* [3], mais la contexture de la phrase donne à ce mot un sens suffisamment clair. Ces carreaux de peinture n'étaient pas tous identiques; ils représentaient, par

---

(1) Archives du Nord, carton B, 895.

(2) On distinguait alors la monnaie forte et la monnaie faible qui était la monnaie nouvelle.

(3) Peut-on faire venir *chiponné* de *chippus*, prison, filet (voir Ducange), et traduire par *entrelacs* arabesques?

juxta position, des tableaux, des motifs décoratifs, on a vu
l'intervention néceſſaire du peintre pour le placement des carreaux, & l'on était convenu d'un prix uniforme pour l'ensemble, soit pour les carreaux à images & chiponnés, qui
demandaient plus de travail, soit pour les carreaux à devises
& à pleine couleur, c'eſt-à-dire pour ceux qui portaient des
inscriptions ou formaient les teintes plates des fonds. C'était,
en somme, un marché analogue à ceux qui se paſſaient pour
la fourniture des vitraux, dont le prix était toujours fixé à
tant le pied sur l'ensemble du vitrail.

Et cette haute surveillance, cette direction donnée sur la
fabrication à Melcior Broederlain, peintre du duc, qui rece-
vait à ce titre une pension annuelle de deux cents livres,
somme considérable, n'établit-elle pas, jusqu'à l'évidence,
l'intervention de la peinture dans la décoration des carreaux,
alors surtout que Jehan le Voleur, lui auſſi, était peintre de
profeſſion.

Il eſt auſſi eſſentiel de faire remarquer que dans la langue
du XIV° ſiècle, le mot image ne s'employait généralement
que pour désigner la représentation, soit par la peinture,
soit par la sculpture, des choses animées; un tableau comme
une statue était une image, & s'il se fût agi de carreaux
décorés d'arabesques, de trèfles, de rosaces & tels que ceux
que l'on produisait depuis longtemps déjà, nous l'avons dit,
avec des engobes colorés sous un vernis de plomb, carreaux
dont les moules étaient œuvres de sculpteur, on n'eût certainement pas employé cette expreſſion : *carreaux pains à
ymaiges*. — Ces termes sont tellement précis & explicites,
selon nous, que toute discuſſion serait inutile, si la fabrication dont il eſt ici queſtion ne remontait pas à une date antérieure à toutes les fabrications connues; & si les titres que
nous publions euſſent été de la fin du XV° siècle, au lieu
d'appartenir aux dernières années du XIV°, nous les euſſions

4

donnés sans nous croire obligé de les expliquer. Supposons,
en effet, la peinture sur terre émaillée, connue & pratiquée
en Flandre, nul ne pourrait ne pas voir dans les œuvres de
Jehan le Voleur des pavages similaires à ceux des châteaux
d'Ecouen & de Polisy.

Quelques renseignements maintenant sur les artistes dont
les noms sont attachés à l'invention dont nous cherchons à
bien fixer la nature; la valeur des hommes étant naturellement une garantie de la valeur de leurs œuvres inconnues.

Jehan le Voleur d'abord : Il était peintre & attaché à la
maison du duc de Bourgogne, & il figure fréquemment dans
les comptes de cette maison pour des travaux de sa profession exécutés pour le duc & la duchesse. M. De la Borde a
reproduit, dans son livre *les Ducs de Bourgogne*, plusieurs
articles qui le concernent; il fut, après la mort de son premier protecteur, Philippe-le-Hardi, nommé *varlet de chambre*
de Jean-sans-Peur. C'était alors un titre honorifique, bien
plutôt qu'une fonction, & le célèbre Van Eyck est toujours
mentionné avec cette qualification dans les comptes de la
maison de Bourgogne. [1]

Colart le Voleur succéda à son père Jehan, & en 1421
il reçut le prix d'un travail exécuté par celui-ci : [2]

A Colart le Voleur, fils & hiretier de feu Jehan le Voleur, varlet
de chambre de feu M. S. le duc Jehan, dernièrement trépassé, pour
un char paint bien & notablement selon l'ordonnance & devise de
la duchesse Margherite, que elle fist faire pour son corps, dès l'an
M CCCC et V, par marché & accord.   LX VIII escus d'or.

En 1432, c'est Colart qui exécute pour Philippe-le-Bon les

---

(1) Pour la première fois, au compte de 1424 à 1425.
(2) Compte de 1421 à 1422.

peintures & *ouvraiges ingénieux* du château de Hesdin, pour
lequel son père avait fabriqué les pavages en *carreaux de
paintures*. Il fut l'auteur de ces *trucs* facétieux dont les comptes
nous ont conservé la description & qui feraient la fortune
d'une féerie du théâtre moderne. Les comptables le désignent
sous cette qualification : *Varlet de chambre de M. S., garde
et gouverneur des ouvrages ingénieux de mondit S., audit
lieu de Hesdin.* (1)

Quant à Melchior Broederlin, auquel Philippe-le-Hardi
avait donné la haute direction de la fabrique de Jehan le
Voleur, c'était auffi un peintre & le peintre le plus juftement
célèbre de son époque. Dès 1385, il figure dans les comptes
de la recette générale comme varlet de chambre & paintre,
à la pension annuelle de deux cents livres, cent livres de
plus que ne recevra Van Eyck, de Philippe-le-Bon, quarante
ans plus tard ! Les archives de Dijon signalent deux tables
d'autel peintes par lui en 1398(2), pour les Chartreux de cette
ville, & M. G. Waegen, le savant directeur de la galerie
royale de Berlin, dans son *Manuel de l'Histoire de la Peinture*(8), a donné la gravure d'un retable conservé à Dijon
& peint par M. Broederlin, retable qu'il considère comme
la plus précieuse des reliques que nous ait léguée l'art flamand
du XIVᵉ fiècle.

En résumé, Jehan le Voleur qui peignait, & Melchior
Broederlin qui donnait les patrons, les modèles, étaient les
deux premiers artiftes de leur époque.

Nous terminerons donc cette discuffion, en répétant : Nous
fommes ici en présence d'une œuvre réellement artiftique,

---

(1) Compte de 1449 à 1450. — Recette générale de Flandre.

(2) Ducs de Bourgogne, tome I, p. 546.

(8) Paris, Morel et Cⁱᵉ, 1863.

de carreaux de faïence émaillés & décorés de peintures, car
il ne peut être question d'autre chose, la faïence étant le seul
& unique produit auquel puiffe s'appliquer les descriptions qui
précèdent.

Ainsi la Flandre & l'Artois, à la belle époque de leur
prospérité artiftique & induftrielle, alors qu'elles envoyaient
dans toutes les cours de l'Europe leurs splendides tapifferies
de haute lisse, au moment où Broederlin, Van Eyck &
Memlinc, prédéceffeurs de Pérugin & de Léonard de Vinci,
allaient porter si haut l'art de la peinture, la Flandre &
l'Artois, disons-nous, sinon avant, du moins en même
temps que l'Italie, auraient eu leur fabrication de Céramique
peinte & émaillée. [1]

Du refte, la science n'en eft plus à considérer Luca della
Robia comme l'inventeur des faïences peintes & émaillées.
M. Darcel, dans la savante introduction qui précède sa notice
sur *les Faïences du Louvre*, MM. d'Armaillé & Salvetat, en
annotant leur traduction de M. Marryat; M. Riocreux,
M. Albert Jacquemart, dans tous leurs écrits, ont reconnu que
l'Espagne avait de longtemps précédé l'Italie dans cette fabrication. On en trouve des preuves surabondantes dans l'ouvrage
de M. Daviller, l'hiftorien des Faïences hispano-mauresques.

Pourquoi la Flandre, dont les relations commerciales
étaient si étendues au XIVe fiècle[2], n'aurait-elle pas, elle

---

(1) Lucca della Robia naquit en 1399 ou 1400; tous ceux qui se sont occupés de
l'hiftoire des arts savent quels rapports fréquents existaient entre la Flandre et l'Italie ;
les livres des comptes mentionnent des achats continuels faits par les ducs de Bourgogne aux villes de Lucques, de Venise et de Florence.

(2) Les relations des ducs de Bourgogne avec l'Europe entière et l'Orient n'étaient
pas seulement le résultat d'une grande puissance et d'une grande générosité, c'était
aussi le but d'un gouvernement qui devait favoriser, par tous les moyens, l'exportation des produits variés de la maîtresse industrie du monde. Ces relations devinrent le
fil conducteur, le courant électrique de l'influence exercée sur tous les points par
l'art flamand.

(M. de La Borde, *Ducs de Bourgogne*, Introduction, p. xxx.)

auffi, au moment de son développement artiftique, cherché à imiter les faïences de l'Espagne ou de Majorque, qu'elle connaiffait auffi bien que l'Italie.

Il eft encore un rapprochement que nous croyons important de signaler : « C'eft vers le milieu du XIVᵉ siècle, dit M. de La Borde[1], » que j'ai rencontré pour la première fois,
» dans les marchés faits avec les orfèvres, dans les articles
» des comptes, dans les inventaires où on décrit leurs chefs-
» d'œuvre, la mention d'un genre d'émaillerie particulière :
» *Esmaillé de blanc,* c'eft-à-dire entièrement enduit d'une
» couverte d'émail blanc opaque, » & il donne une suite de citations relatives à des objets de cette nature, avec leurs dates ; la plus ancienne appartient à l'année 1380, ce qui établit une certaine concordance entre l'application de l'émail blanc, c'eft-à-dire de l'émail d'étain, sur le métal & sur la poterie.

Dans le champ des hypothèses, nous nous permettrons encore d'émettre une supposition dont la pensée nous eft venue en lisant les comptes de travaux exécutés à cette époque. Souvent, *les heuzes, les festissures,* qui ornaient les toits & les fenêtres des édifices, étaient fabriquées en plomb *estamés de fin estain.* Ne serait-il pas poffible qu'un potier, après avoir calciné un fragment de métal ainsi préparé, ait obtenu, par le mélange de l'oxyde de plomb & d'étain, un vernis blanc & laiteux qui l'ait mis sur la voie de la découverte. L'effet de l'étain une fois connu, ce n'était plus, en réalité, qu'une queftion de tâtonnements & de dosage.

Quoiqu'il en soit, invention ou imitation, cette fabrication, conftatée en 1391, ne se serait-elle établie que pour

---

(1) Notice sur les émaux du Louvre (Glossaire), tome II, page 276.

disparaître presque auffitôt? Nous ne saurions le dire. [1]
Pareil fait, du refte, s'eft produit en France au XVIᵉ siècle,
& la ville de Rouen, qui fabriquait & signait, en 1542, les
carreaux d'Écouen, après avoir elle auffi débuté par la fabrication des carreaux de faïence, ne vit-elle pas tout-à-coup
cette induftrie disparaître? Et ne faut-il pas arriver aux dernières années du XVIIᵉ siècle, pour affifter chez elle à la
renaissance de cette induftrie? Supposons détruit le carreau
unique qui porte inscrit le nom : ROUEN, & pas un titre,
pensons-nous, ne pourrait établir les droits de cette ville à
la revendication de ce pavage hiftorique.

La fortune de la Flandre eft toute autre. Nous avons
reproduit les lettres-patentes qui créent la fabrication au
XIVᵉ siècle; nous avons relevé les articles des comptes qui
conftatent le paiement des produits & même leur emploi, il
ne manque aux preuves écrites, suffisantes du refte, qu'un
carreau émaillé, sauvé des ruines des châteaux d'Arras ou
d'Hesdin [2], pour nous dire, non pas que cette fabrication a
exifté, mais quel était le mérite de cette fabrication.

Voilà tout ce que le riche dépôt des archives lilloises nous
a appris jusqu'ici sur cette induftrie naiffante. Mais il eft une
autre voie à suivre qui peut conduire à des découvertes
nouvelles. Nous avons vu qu'antérieurement à l'autorisation
qui permettait à Jehan le Voleur, l'ancien affocié de Jehan du

---

(1) D'après Picolpasso, un certain Guido di Savino avait établi à Anvers, dans la
première moitié du XVIᵉ siècle, une fabrique de faïences analogues aux majoliques
italiennes. Nous publierons prochainement des documents qui établissent, qu'à cette
même époque, Anvers possédait une fabrique de verrerie, façon de Venise.

(2) M. Paëile, archiviste de la ville, nous a signalé une hiftoire du Vieil-Hesdin,
par M. Danvain, parue en 1860; nous l'avons parcourue avec l'espoir de trouver
quelque renseignement. M. Danvain signale seulement l'avance de cinquante francs
faite à Jehan le Voleur, mais il fait de celui-ci un peintre verrier, et des carreaux
pains et jolis..... des carreaux de vitre.

Mouftier, de fabriquer à Hesdin. Philippe-le-Hardi dit avoir retenu à son service ce Jehan du Mouftier, établi à Ypres.

Si les comptes du bailliage d'Arras, qui exiftent aux archives générales du Nord, nous ont permis de constater les paiements faits à Jehan le Voleur, les comptes du receveur d'Ypres, qui font défaut dans nos archives, nous fourniraient, sans doute, des renseignements sur le sort de la fabrique de Jehan du Mouftier, & peut-être dans ces comptes, une rédaction nouvelle, une langue différente, suffiraient à lever le dernier voile & à rendre désormais indiscutable un fait qui, pour nous du moins, paraît dès aujourd'hui inconteftable : la fabrication de carreaux peints & émaillés, dans la Flandre, à la fin du quatorzième siècle.

LES POTIERS DE TERRE.

———•———

J. FEBVRIER, FAIENCIER.

 A réunion à la France, en 1667, fut pour la ville de Lille le point de départ d'une véritable renaiffance induftrielle; & dès la fin du XVII° siècle, *les Registres aux Résolutions* portent la trace des sacrifices intelligents que le Magiftrat sut s'imposer, pour appeler dans notre ville les induftries qui lui manquaient ou qui avaient disparu depuis le XVI° fiècle.

Velours, soieries, linge de table damaffé, draps, tapifferies de haute liffe, étoffes & rubans d'or & d'argent, cuirs dorés, vernis de Chine, faïences, porcelaines, verres & criftaux, la fabrication de tous ces produits de luxe eft, après

5

la réunion à la France, succeffivement établie dans nos murs; & cette activité semble présager le grand rôle industriel que la ville de Lille sera appelée à remplir dans la France du dix-neuvième siècle.

L'induftrie dont nous avons entrepris d'écrire l'hiftoire eft certainement une des plus modeftes de toutes celles que nous venons d'énumérer; les autres trouveront sans doute à leur tour leur hiftorien compétent.

Nos archives municipales poffèdent, dès les premières années du XVᵉ siècle, les statuts de la corporation des Potiers de terre, dont M. Borel d'Hauterive décrit, d'après d'Hozier, les armoiries de la manière suivante : « D'or à une roue de » sable, une palme de sinople & une épée de même paffées » en sautoir dans les rayons de la roue, accompagné d'un » plat de gueules & de trois pots de terre, auffi de gueules, » posés deux aux flancs & un en pointe. »

C'eft des ateliers de ces potiers que sont sortis tous ces carreaux de pavage & de revêtement en terre rouge, à engobe jaunâtre sous l'émail de plomb, dont le décor reproduit presqu'uniformément, soit le lion de Flandre, soit la fleur de lys de Lille.

Les comptes de la ville, au chapitre des ouvrages, mentionnent une foule d'achats de ces carreaux de terre pour les travaux de la ville; ils se payaient au XVIᵉ siècle :

Les quareaulx plommés, LVIIIˢ le cent.
Les gros doubles quaraulx de x *pauch,* VIˡ le cent.
Les quareaulx de bordure, XXXVIˢ le cent.
Les quareaulx ouvrés (c'est-à-dire *ornés*), IIˢ la pièce, Xˡ le cent.

Nos potiers de terre modelaient auffi des ftatuettes, en guise de *feftissures*, qui se plaçaient tantôt à l'angle des pignons des maisons, tantôt au sommet des fenêtres. Nous avons trouvé, aux archives départementales[1], une pièce de dépenses de l'année 1459, relative aux travaux exécutés au château dit de Courtrai, dans laquelle on lit :

A Willaume Herman, potier de terre, pour deux marmousets servants sur deux grandes fenêtres à l'ostel de la salle dudit chastel.

xxxv^s

Pour un marmouset servant sur une grande fenêtre du molin dudit chastel.   xvi^s

Les comptes de la ville, au XVe siècle, nous ont auffi révélé de semblables livraisons :

A Jacquemard Ouffin, potier de terre, pour avoir livré à la ville un saint Bettremieux mis sur la maison où demeure Pierre de Carondrie ; [2]   x^s

A lui pour une imaige de saint Jehan-Baptiste, avecq une feftiffure deffus la gallerie nouvellement faite à la maison où demeure Jehan Delemer. [3]   x^s

Au XVIe siècle, les potiers fabriquent des carreaux verniffés :

A Jehan de Baisieu, potier, pour lxii careaulx verd & gaune, mis en œuvre, à l'aftre de la Sallette de M. S. Jehan de Montmorency, gouverneur au chafteau, à iiii^d la pièche. [4]   xx^s viii^d

En 1621, on fait entrer des briques verniffées dans la décoration de la façade intérieure de la porte de Courtrai :

A Jacques Dutoit, potier, pour xvii^m xi^c de briques plombées

---

(1) Carton N° 253.
(2) Compte de 1496, chapitre des *Ouvraiges et Estoffes*.
(3) Compte de 1497,   id.   id.
(4) Compte du Domaine de Lille, 1561 à 1562. *(Archives départementales)*.

verdes & jaulnes, pour l'érection des nouvelles portes, à xxxviii¹ par chascun mil. (1)   vi⁰ liii¹ xii˘.

On peut juger encore aujourd'hui du bon effet décoratif de ces briques verniffées, qui ont réfifté aux injures de l'air pendant deux siècles & demi.

Mais c'eft dans l'année 1696 (2) que nous avons trouvé, pour la première fois, une pièce relative à la fabrication, à Lille, de la faïence proprement dite. Il exiftait pourtant bien avant cette date des faïenciers dans la Flandre française, à Tournai, par exemple, & c'eft certainement en faveur de ces établiffements que fut rendu l'édit de 1688, qui augmentait les droits à la sortie du royaume sur *la terre propre à faire la Porcelaine, dite Derle*. Nous allons reproduire cet édit; mais disons tout d'abord que *Porcelaine* doit ici se traduire par Faïence fine, le secret de la porcelaine étant encore inconnu à cette époque; nous ne savons même pas ce que l'on entenḍait exactement par ce terme *Derle*, que nous n'avons trouvé dans aucun dictionnaire spécial.

Voici la définition du tarif de 1671, modifié par l'arrêt de 1688 :

Derle terre à faire faïence ou porcelaine de galère.

_____

(1) Compte des Fortifications, 1621 à 1622. *(Archives municipales)*

(2) Antérieurement à cette date, Lille avait eu une manufacture de pipes à fumer. Nous avons trouvé, dans un rapport de l'intendant, les renseignements qui suivent sur cette fabrication :

La fabrique de pipes dépérit depuis que la paix a réduit le droit de 24ᵉ sur la grosse de pipes venant de Hollande, conformément à la convention de 1699. Elle produit annuellement 10,000 grosses et pouvait en produire le double. — Voici les prix :

La grosse commune se vend 15ˢ
La grosse fine se vend 1¹ 5ᶜ
La grosse fines, longues et glacées, se vend . . 1¹ 8ᶜ

Dans le *Glossarium novum ad scriptores medü œvi*[3], nous avons trouvé : *Derlière, lieu où l'on tire de la terre, espèce de sablonnière.*

Dans les revenus du comté de Namur, de l'an 1289, au regiftre de la Chambre des Comptes de Lille, nommé *le papier aux aysselles*, folio 60, recto, on lit :

Encor i a li cuens une Derlière, c'est à sçavoir où on prend terre di coi li bateur ouvrent à Dynant et à Bovigne. Ici la désignation *Derle* femble s'appliquer à la terre à foulons.

Voici, du refte, l'arrêt de 1688 :

Le roy s'étant faict repréfenter en fon eonfeil le tarif arrêté en icelui le 13 juin 1671, touchant les droits d'entrée & de fortie de Flandres, fuivant lequel il doit eftre perçu à la fortie, de la terre propre à faire de la porcelaine, dite *derle*, la fomme de fix livres du laft de douze tonnes ordinaires, & Sa Majefté eftant informée qu'il se trouve abondamment de cette terre au village de Bruyelles, près Tournai, où les eftrangers la vont enlever *au préjudice des manufactures de porcelaine établies dans le royaume*, auxquelles elle doit fervir de matière.

Ouï le rapport du fieur Lepelletier, confeiller ordinaire du Confeil royal, contrôleur général des Finances, Sa Majefté a ordonné & ordonne qu'à commencer du quinzième du préfent mois, il sera levé & perçu fur la Derle ou terre à faire la porcelaine, qui fortira des villes ou lieux conquis par Sa Majefté, ou qui lui ont efté cédés en Païs-Bas par le traité de paix, pour être tranfportée aux pays étrangers, la fomme de quarante livres pour laft de douze tonnes, au lieu de fix livres portés par le tarif du 13 juin 1671.

Fait Sa Majefté défense au fieur Pierre Domergue, adjudicataire des cinq groffes fermes et autres fermes unies, fes commis & prépofés, de faire aucune remife ni compofition defdits droits, à peine d'en répondre en leurs propres & privés noms.

---

(1) Carpentier. Supplément au *Gloffaire* de Ducange

Enjoint au sieur Dugué de Bagnols, conseiller d'Eſtat ordinaire, intendant de justice, police & finances, en Flandres & Haynaut, de tenir la main à l'exécution du présent arrêt.

Fait au Conseil d'Estat du Roy, tenu à Versailles, le sixième jour de juillet 1688.

Signé : RANCHIN.

Suit la notification au sieur de Bagnols, intendant de Flandre, qui fit publier l'arrêt à Lille, le 20 juillet de la même année.

Ces manufaĉtures du royaume, en faveur desquelles on élevait les droits sur l'exportation de la terre tirée à Bruyelles, près Tournai, étaient bien certainement des faïenceries établies dans la Flandre & qui souffraient de la concurrence que leur faisaient les produits de Delft. Nous en trouvons la preuve officielle dans ce fait, qu'après le traité d'Utrecht de 1713, on peut lire aux archives de la ville de Lille, dans un mémoire composé par l'ordre de l'intendant, sur le commerce de la Flandre française & de la Flandre ci-devant espagnole, à présent autrichienne, à l'article *Derle*, la note ci-après :

Terre propre à faïence, se tire des environs de Tournai, où les Hollandais de Delft s'en viennent fournir, n'en pouvant tirer d'ailleurs. Il y a (en 1714), deux fabriques de faïence à Lille & *une de porcelaine*.

L'exiſtence de manufaĉtures de faïence de nos contrées, au XVIIe siècle, eſt non-seulement prouvée par l'arrêt de 1688, mais encore & surtout par l'exiſtence d'un grand nombre de produits de ces fabriques, parmi lesquels nous pouvons citer une pièce que M. Gentil-Descamps a offerte au musée de Lille & qui porte une inscription française & une date. C'eft un grand plat creux, au décor polychrome, représentant un fou coiffé du bonnet pointu, agitant d'une main sa marotte & portant sur la poitrine un cartouche sur lequel eft inscrit :

JE SUIS UN FAMEUX DEVIN.

1623

L'envers du plat, comme sur toutes les faïences flamandes de cette époque, eft recouvert d'un vernis jaunâtre, à base de plomb; l'émail ftannifère eft uniquement réservé pour la face.

Nous connaiffons, de la même fabrique, un plat de forme identique, qui repréfente une dame en coftume Louis XIII, tenant un bouton de fleur à la main ; le décor eft entièrement bleu, sauf la fleur qui eft rouge, & quelques touches jaunes sur le corsage, en guise d'agréments.

Où était le siége de cette fabrication ?

C'est une queftion à laquelle nous ne saurions répondre ; mais, comme nous l'avons dit plus haut, ce n'eft qu'en 1696, que nous trouvons dans nos archives la preuve de la création d'une faïencerie à Lille. Voici la pièce qui établit cette date ; elle eft extraite du regiftre aux *Résolutions du Magistrat* : [1]

A Messieurs les reward, mayeur, échevins, conseil & huit hommes de la ville de Lille ;

Remontrent très-humblement Jacques Febvrier, natif de Tournay, & Jean Boffut, natif de Gand, le premier fabricateur de faïence, & le second peintre de cette fabrique, en quoi ils travaillent depuis

---

[1] Regiftre 15, folio 304.

12 & 20 ans respectivement, qu'ils défireraient bien s'établir en la
nouvelle enceinte de cette ville, pour y exercer leurs profeffions,
pourvu que leurs Seigneuries vouluffent les y admettre, de quoi ils
affurent qu'il n'en pourrait résulter que du bien & avantage au public
de cette ville, parce qu'ils y établiraient le commerce de toute sorte
de faïence, qu'il faut tirer des autres villes, ou *plutôt des pays étran-*
gers, qui tirent par ce moyen des sommes considérables de cette ville,
au lieu que leur établiffement & le commerce qu'ils en feraient atti-
reraient ici de l'argent des étrangers, d'autant plus qu'ils ont fait la
découverte de certaine terre très-propre pour en fabriquer à la façon
d'Hollande, & d'auffi belle & bonne qualité & beaucoup plus fine
que celle que l'on fabrique à Tournai. (1)

Mais comme il parait qu'ils doivent trouver quelque douceur au
commencement d'un pareil établiffement, où il faut commencer une
fabrique de cette nature à leurs frais, ils ne demandent pour secours
que le loyer d'une maison de trente livres de gros (2) ou environ,
avec l'établiffement d'un grand four pour servir à la dite fabrique,
près du rivage de cette ville, offrant d'en faire un petit à leurs dépens,
dans le lieu que vos Seigneuries voudront leur désigner, pour faire
des épreuves à faire connaître par effet, à vos dites Seigneuries, les
sciences qu'il ont acquises dans leurs arts respectifs; & par deffus ce,
l'exemption de la petite bière avec celle de quelques rondelles de
forte, à fixer par MM.; à condition que nos dits Seigneurs n'en
admettront pas d'autres de leurs profeffions en cette ville, pendant le
terme de douze années, par la raison qu'ils seront capables avec les
ouvriers & apprentifs, qu'ils suffiront de fournir à tout ce qu'il sera
néceffaire pour le dedans & le dehors de cette ville; moyennant quoi
ils s'obligeront à prendre pour apprentifs des enfants de La Grange
& de Baspaume (3), auxquels ils donneront des gains raisonnables la
seconde année.

---

(1) L'intendant du Tournesis dit en effet, dans un mémoire de 1698 : « Les faïences
» de Tournai ne sont pas bonnes, quoiqu'on les fasse de la même terre que celles de
» Hollande ; la commodité que les faïenciers ont d'avoir cette terre, devrait les exciter
» à perfectionner leurs ouvrages. »

(2) La livre de gros valait 12 livres de Lille, soit 6 florins.

(3) Fondations pour les orphelins.

Vous suppliant de confidérer que Meffieurs de Tournay ont donné
à semblables fabricateurs, non seulement les louages & exemptions,
mais auffi une somme de six cents florins une fois, avec la conftruction
d'un grand four et une étuve, ce qu'ils s'abftiennent de demander,
laiffant le tout en la discrétion de vos Seigneuries, en leur donnant
seulement le loyer de maison, façon d'un grand four, l'exemption en
la forme qu'il leur plaira borner & limiter.

Signé : J. FEBVRIER, Jean BOSSUT.

Apoftille :

Nous permettons aux suppliants de s'établir en cette ville pour les
manufactures de faience, auquel effet nous leur accordons l'exemption des impots pour toute la petite bierre dont ils auront besoin, &
pour la forte bierre à raison de six rondelles par année, pour en jouir
comme les exempts par grâce ; plus nous leur accordons la somme de
trois cents florins une fois, pour commencer leur établiffement ;
laquelle somme leur sera avancée à mesure que le grand four qu'ils
doivent faire faire avancera ; & quand au surplus de leur requête, ce
qui se requiert ne se peut accorder.

Fait en conclave, ce 19 novembre 1696.

Signé : B. HERRENG.

En mars 1697, nouvelle requête que nous abrégeons cette
fois : (1)

Remontrent très-humblement Jean Boffut & Jacques Febvrier
(Jean Boffut prend le premier rang), fabricateurs de faïence, admis
par vos Seigneuries en cette ville, qu'ils ont fait bâtir un grand four
dont la dépense monte à la somme de douze cents florins par deffus
celle qu'ils ont faite pour leur dépense, depuis quatre mois qu'ils
sont en cette ville, en appliquant aux soins de la direction et perfec-

---

(1) Registre 16, folio 8.

tion du dit four, encore qu'ils ont préparé 7 à 800 pièces de galère prêtes à cuire, ne reftant plus qu'à les plommer.

Vos Seigneuries ne leur ayant fait autre avance que trois cents florins, les requérants ont encore besoin de six cents florins au moins, tant pour acheter de l'eftain, du plomb, que pour avancer à de bons ouvriers qu'ils font venir d'Hollande, & sont arrivés à Gand & ne veulent avancer plus avant, à moins que les requérants ne leur donnent, savoir : au peintre cinquante florins d'avance, & au tourneur pareille somme.

Il vous plaise leur accorder encore une gratification de quatre ou cinq cents florins, pour être employés aux achats d'eftain, plomb, bois, saffre & soudure, néceffaires aux plombures; & auffi faire avance à leurs dits peintre & tourneur; ce sans quoi ils ne peuvent effectuer ce qu'ils ont déjà si fortement avancé, & à quoi ils se sont entièrement épuisés; le secours de trois cents florins accordé, n'ayant pu subvenir au quart des avances & débours, comme ils justifient par les pièces ci-jointes & peut se reconnaître par une descente sur les lieux.

Apoftille :

Vu la présente requête, ouï le procureur de cette ville, nous accordons aux suppliants trois cents florins à titre de prêt pour six ans, pour être emploïé aux achats mentionnés par la dite requête.

Fait en conclave, 26 mars 1697.

Signé : G.-F. LEROY.

Les commencements furent difficiles; le bon accord ne régnait pas entre les affociés, & dans une requête en date du mois de juillet 1697, Febvrier remontre :

Qu'il eût mieux réuffi dans son entreprise, même parfaitement, si son affocié, le sieur Boffut était auffi affidu à ses devoirs que le requérant; mais qu'il s'absente souvent, même des jours entiers, de la boutique; qu'il ne peut par suite fubvenir aux frais néceffaires, qu'il a à prétendre plus de 300 florins, qu'il a emploïés en la dite fabrique

par deffus les gratifications & avances du magiftrat, au lieu que ledit
Boffut n'y a rien mis.

C'est pourquoi le requérant, voulant vivre sans reproche, juge
convenable de vous en avertir, pour qu'il vous plaise d'y apporter un
prompt remède, ayant favorablement égard que ledit Boffut le trai-
tait de petit garçon, l'appelant même ignorant & apprentif dans son
métier, ce qui sont des marques de grand mépris & des excès non
soutenables.

Sur cette requête, le sieur Herreng, conseiller du roi,
procureur syndic, ordonna aux affociés de se rendre à son
audience &, pour la sûreté des avances faites par la ville,
ordonna qu'il serait mis garnison dans la fabrique, jusqu'à
ce qu'il en soit autrement ordonné.

En conséquence, le 13 juillet comparurent Jacques Febvrier & Jean Boffut, lesquels déclarèrent que pour éviter toute
difficulté, & sous le bon vouloir de Mesffieurs du magiftrat,
ils étaient convenus de ce qui suit : [1]

Jacques Febvrier abandonne à Boffut toutes les terres, ustensiles,
faïences fabriquées & vendues ; celui-ci continuera seul la dite manufaĉture dans la dite maison où elle eft établie, à l'exclusion du sieur
Febvrier, qui, de son côté, pourra s'établir dans cette ville où il lui
plaira ; moyennant cet abandon, Boffut promet à Febvrier 400 florins
le jour où il sortira de la maison, & prend à sa charge toutes les
dettes de la manufacture & les obligations contraĉtées envers la ville.

Le magiftrat souscrivit à cet arrangement, moyennant
caution solidaire, & accepta comme caution dudit Boffut,
Pierre Dubelarbre, procureur et notaire à Lille, qui promit
de satisfaire aux dettes, loyer & avances mentionnées, déchar-
geant Febvrier de toute responsabilité.

---

[1] Registre 16, folio 19.

Boffut, seul titulaire de la fabrique, adreffe bientôt aux
magiftrats une nouvelle requête pour obtenir de nouveaux
secours; il rejette sur son ex-affocié la responsabilité des
insuccès paffés; il expose : [1]

Qu'il a établi sa manufacture dans une maison sise rue Princeffe,
à l'enseigne du *Bel-Air*, appartenant à Mathieu Mouveaux. Qu'il a
fait de très-grands frais & risques pour les voiages faits par sa femme
pour se procurer des ouvriers, tant de Hollande, Gand & Rouen.
Que de plus, qu'après avoir fait deux fournées, partie de four a
croulé par la faute que le dit Febvrier avait enfourné avec des tuiles
de ce pays, contre le gré du suppliant qui avait enfourné le surplus
dans des caiffes à la façon de Hollande, ce qui a réuffi. Ledit Febvrier
se persuadant d'en savoir la pratique & perfeétion, quoiqu'il ne favait
que tourner, comme font les potiers ordinaires, pour ce qu'il avait
vu faire & composer la plommure, qui est l'effence de l'art, & fabriquer par le sieur Boffut, qu'il se serait ingéré de faire & composer
jusqu'à 700 livres pesant qui n'a rien valu.

Et après une suite de récriminations, il ajoute.:

Que le 14 août dernier, il a achevé et relevé du four des faïences
qui furent approuvées belles & bonnes par vos Seigneuries & les
marchands experts, ce qui justifie la capacité & expérience du suppliant, c'eft pourquoi il sollicite le loyer de la maison, qui eft de
trente livres de gros, & l'avance de 500 florins qu'il s'engage à
remettre par cent florins à la fois.

Sur l'avis conforme du procureur syndic, le magiftrat,
avec une bienveillance qui ne se dément pas, accorda une
nouvelle avance de 200 florins, toujours sous la caution du
sieur Dubelarbre.

---

[1] Registre 16, folio 44.

Le procureur Dubelarbre avait mal placé sa confiance, &
son amour pour la céramique, dont nous serions mal venu
à lui faire un crime, lui coûta quelques centaines de florins.
Nous avons, en effet, trouvé dans les archives un volumi-
neux doffier intitulé :

*Curatelle aux biens abandonnés par Jean Bossut, ci-devant
manufacturier de faïence en cette ville.* [1]

Ce doffier comprend la nomination de Guislain-Bernard
de Neuilly en qualité de curateur, & *le compte estat et ren-
saigne que fait et rend le susdit pour son acquit et décharge à
Messieurs du magistrat.*

Voici l'actif et le paffif de la manufacture, d'après cette
pièce.
    La recette se compose :

1° Du produit de la vente de faïences trouvées en ladite
    fabrique (déduction faite des frais de vente . . . . .   285[1]
2° Des prisées des terres, marchandises en fabrication,
    outils & uftensiles de la manufacture (non compris
    dans cette somme la valeur du four) [2].   1143

Total de la recette . . . . .   1428[1]

Les dettes de Boffut, y compris les frais de liquidation,
s'élevèrent à 1033 livres; il y eut donc un excédant de 395
livres qui vinrent en déduction de la garantie donnée par le
sieur Dubelarbre.
    Malgré notre défir d'abréger, nous ne pouvons quitter ce

---

(1) Non inventorié.
(2) Il appartenoit à la ville.

curieux doſſier d'une induſtrie qui commence, sans y faire quelques emprunts. Voici, par exemple, quelques articles de la vente publique des marchandises fabriquées. Nous les citons à titre de renseignements sur les prix des faïences à la fin du XVIIe ſiècle :

Douze pots à confitures.	51^s
Deux chandeliers et douze petits pots de galère .	36
Un plat, six taſſes & deux pots de galère. . . .	6^{fl.} 11
Une garniture de galère de cheminée.	9 11
Deux pots de galère à fleurs.	5 11
Id. id.	8 5

Et dans l'eſtimation des marchandises en fabrication :

FAÏENCES NON CUITES :

5oo aſſiettes, façon	2^{fl.}	10^s
Terre.	3	10
137 plats, façon	1	13
Terre	2	»
3o1 bénitiers, salières, petites urnes & moutardiers	3	18
Terre	»	12
3 charretées de terre blanche & 7 de rouge. .	29	14
327 taſſes cuites, compris 1o6 crues.	71	15
27 livres de cendres d'étain & plomb, à 4^s 1/2 la livre.	20	»
5 11 taſſes au café, façon.	9	»
Terre.	»	12
1o moules de plâtre de plats fraſés ?.	6	»

Nous trouvons auſſi le nom d'ouvriers, mouleurs & peintres, & le taux de leur salaire :

Payé à Jean Vanderbrucht, peintre & tourneur, pour son travail

pendant (trois mois environ), tant à peindre qu'à tourner, cent sep-
tante quatre livres.

Au nommé Albert, tourneur *hollandais*, vingt-six livres douze sous.

A charles Lecafette, apprentif peintre, pour sa semaine, quatorze
patars.

Nous ne pouvons résister au désir de citer encore quelques
articles du compte de curatelle du sieur de Neuilly, dont
nous allons avoir à nous occuper :

Le cinq octobre, efté à la maison & de là chez le pafteur de Saint-
André, pour pouvoir faire travailler le dimanche, à cause que les
marchandises étaient trop seiches, douze patars.

Le huit, efté à la boutique & calculé & réglé la composition de la
plombure; employé plus d'une heure & demie, dix-huit patars.

Le neuf, efté trois fois à la boutique pour faire revue du calcinage
& sur les ouvriers, & fait quérir du saffre, 18 patars.

Le ving-trois, efté à la maison afin de faire la supputation pour
faire la composition du *Maxikos*, (1) sept patars.

Le 25, cuit *moi-même* une épreuve; employé plus d'une heure,
dix-huit patars.

Le curateur avait pris, on le voit, sa charge au sérieux,
& cette curatelle décida de sa vocation. « Moi auffi je serai
faïencier ! » s'écria-t-il, & il adressa au magiftrat la requête
ci-après : (2)

Supplient très-humblement :

Marie de Merende, veuve d'Adrien Vandeftrack, vivant contrôleur
au Brouquin, & Ghislain-Bernard de Neuilly, (3) demeurant en cette

---

(1) Ce mot parut sans doute au curateur aussi difficilé à orthographier que le produit à composer.

(2) Registre 16, folio 98.

(3) Son gendre.

ville, disant qu'ils voudraient bien & sont prêts de poursuivre &
entreprendre la manufacture de faïence, commencée & abandonnée
par Jean Boffut depuis quelque temps ; mais comme ladite manufacture ne se fait qu'à grands frais & fort difficilement, vos Seigneuries
pour la facilité avaient accordé au dit Boffut diverses grâces, c'est
pourquoi ils viennent à vous, Messieurs, supplier en toute humilité
qu'en considération de la dite entreprise, il vous plaise d'avoir pour
agréable les propositions ci attachées qu'ils osent vous présenter, etc.

Apostille :

Vu la présente requête, le mémoire y attaché, ouï le procureur &
tout considéré, nous avons subrogé les suppliants dans les avantages
que nous avions ci-devant accordés aux nommés Boffuyt & Febvrier,
leur accordant à cet effet l'usage du four & les exemptions sur les
bierres.

Fait le 3 décembre 1698.

Signé : G.-F. LEROY.

Il faut avouer que le magistrat était peu, jusqu'ici, récom-
pensé de ses sacrifices & de sa bonne volonté. Ce ne fut
pas encore Bernard de Neuilly qui devait triompher de la
fatalité qui semblait s'être attachée à la manufacture. Une
nouvelle requête, datée de 1705, prouve, en effet, que dès
l'année 1700, Febvrier, qui avait en 1697 quitté Boffut &
était retourné à Tournai, emmenant avec lui un ouvrier
peintre & deux tourneurs, après s'être entendu avec le titulaire nouveau, était revenu le remplacer, de l'agrément du
magistrat. Cette requête, de 1705 [1], en fournit la preuve :

Supplie très-humblement, Jacques Febvrier, maître manufacturier
de faïence établie en cette ville, sous l'autorité de vos Seigneuries,

_____

(1) Registre 17, folio 146.

disant qu'il n'a rien omis, depuis *cinq ans* qu'il est établi, pour faire
fleurir sa manufacture, en faisant subsister en cet endroit quantité de
familles & d'ouvriers, mais voyant que la maison qu'il occupe n'est
nullement commode, & que le four construit aux frais de cette ville
menaçait ruine, que le suppliant l'a réfectionnée à ses frais, & que
d'ailleurs il est nécessaire de faire un moulin à broyer plombures par
un cheval, & autres bâtiments pour l'accommodement & soutien de
la manufacture, à quoi le propriétaire ne voudra point donner les
mains; il a pris le parti d'acheter ladite maison & la rendre commode
à son usage, par des bâtiments qu'il se propose de construire; si
vos Seigneuries ont la bonté de seconder sa manufacture, il se propose de faire la manufacture de carreaux à la façon d'Hollande, qui
ne s'est point encore fait dans le pays. Le suppliant a si bien réussi
jusqu'à présent, que sa marchandise fabriquée en cette ville *passe
pour faite dans la Hollande,* & cela est si vrai qu'on a toujours préféré
sa marchandise à celle qu'on faisait à Tournai.

C'est pour cela, Messieurs, que se trouvant un four vacant à
Tournai, le suppliant est fortement sollicité d'abandonner cette ville
& de s'y rendre; afin de frustrer cette ville de cet établissement, on
lui offre une pension de cent vingt florins par an, le four vacant avec
tous les ustensiles prêts à travailler; ce qu'il ne veut accepter, vous
étant redevable de son établissement & bien persuadé que vos Seigneuries, toujours attentifs à l'avantage du commerce, ne lui refu-
seront pas les avantages qu'il pourrait recevoir des magistrats de
Tournay, & qu'il se propose d'exposer de gros frais pour son établissement. Il ose se flatter que vous aurez la bonté de lui augmenter sa
pension jusqu'à cent florins, au lieu de cinquante, de lui faire ériger
un nouveau four & un moulin à broyer, avec l'exemption des droits
sur la bierre; le faisant, etc., etc.

Apostille :

Vue la requête, ouï le procureur de cette ville qui nous a raporté
que le suppliant a acheté la maison en question & qu'il y a fait des
bâtiments considérables pour l'usage de sa manufacture, même un
four & un moulin à broyer plombures, & le rapport des députés
ordinaires qui se sont rendus à Tournai & qui ont communiqué à

Monseigneur de Bagnols, intendant du Pays, la présente requête, & tout considéré, nous avons accordé au suppliant la continuation de la pension annuelle, qui eſt de cinquante florins, pendant trois années commencées à l'expiration de la dernière année, l'exemption pour les bierres & trois cents florins une fois, qui serviront en partie aux frais que le suppliant a exposés pour faire le four & le moulin mentionné par la présente requête, conformément à l'agrément donné par Monseigneur de Bagnols à nos députés ordinaires.

Fait en conclave, le 10 octobre 1705.

Signé : G.-F. LEROY.

Une lacune dans les archives ne nous a pas permis de donner la date exaɛte de la ſubſtitution de Febvrier à Bernard de Neuilly. Nous n'avons pas trouvé trace de la délibération par laquelle cette pension annuelle de cinquante florins lui avait été allouée, mais les regiſtres d'impôts, qui mentionnent, en 1699, Bernard de Neuilly comme occupeur de la fabrique rue Princeſſe, portent en 1700, au lieu de Bernard de Neuilly : « Pour un faiseur de faïence dont n'a » été reçu par les compteurs aucune chose, ayant son louage » payé de la ville. »

De plus, nous avons vu figurer, dans le registre aux ordonnances de paiement, les deux mentions ci-après :

Le 29 octobre 1700, fait billet d'ordre à J. Febvrier, manufaɛturier de faïences, de 200 florins, qui lui ont été ci-devant accordés pour réparation de son four, et ce sur requête & apoſtille du 25 de ce mois.

Le 5 juillet 1704, billet d'ordre à J. Febvrier, de 50 florins, la 2me année de trois, de gratification en vue de la continuation de son établiſſement, en suite de l'ordonnance & requête du 23 mars 1702.

Ces deux requêtes, de 1700 & 1702, manquent aux regiſtres. Cette fois, du reſte, la malechance était définitivement vaincue. Les progrès de la manufaâure ne s'arrêtent plus; auffi, à partir de 1705, les documents adminiftratifs deviennent-ils plus rares, & Febvrier, en poffeffion définitive de sa manufaâure, n'ayant plus à lutter contre les difficultés qui ont entravé son établiffement, n'a plus besoin d'avoir recours à la bienveillance du magiftrat qui, sans se laiffer rebuter, avait si obftinément favorisé les débuts de l'indúftrie nouvelle.

Dès les premières années du XVIII' siècle, Febvrier appelle à lui des ouvriers capables; il fait venir de Nevers, *Étienne Borne,* peintre faïencier, qui épouse le 2 mars 1704 Catherine Lefranc; & il était déjà depuis quelque temps à Lille, car les fêtes du baptême fuccédèrent sans interruption aux fêtes du mariage. Madame Borne nous pardonnera cette indiscrétion rétrospeâive utile à l'exaâitude chronologique de notre récit.

En 1708, nous trouvons une ordonnance de l'intendant Maynart de Bernières, qui autorise Febvrier à tirer quarante blocs d'étain des Pays-Bas espagnols, aux droits accoutumés.

Le 4 février 1710, le magiftrat, « attendu qu'il a parfai-
» tement réuffi dans son établiffement, & que, si l'on ne
» doit pas empêcher le commerce des faïences par des
» étrangers, auxquels il eft loisible de les venir vendre dans
» cette ville, soit en gros, s'ils le trouvent bon, soit en
» détail dans des boutiques, il ne peut leur être permis de
» faire des vendues publiques, » interdit au sieur Pierre Fauquet, de Tournai, de venir faire en cette ville des ventes publiques de faïence. (1)

---

(1) Carton aux avis du procureur syndic, année 1710. — Le Fauquet dont il est ici question est l'aïeul de Jean-Baptiste Fauquet, le célèbre faïencier de Saint-Amand. (Voir à ce sujet le livre de M. Lejael.)

Et enfin en 1722, comme preuve de l'extension de la
manufacture, le livre *aux visites de maisons* nous fournit une
requête de Febvrier, qui expose :

> Que pour sa commodité & agrandiffement de sa manufacture, il
> est intentionné de faire un bâtiment à front de rue, sur une partie
> d'un grand fond de jardin qui lui appartient, situé rue Princeffe, &
> souhaiterait d'y établir un nouveau four, à l'opposite de celui qui eft
> à sa dite maison ; lequel bâtiment il demande de pouvoir faire pour
> façade & devanture, suivant plan joint à la requête.

Le 22 août 1722, sur l'avis du commis aux visitations de
maisons, le magiftrat accorde la permiffion de bâtir conformément au plan visé, & de faire le tout à l'intervention du
clerc des ouvrages.

Enfin, en 1723, Febvrier, devenu propriétaire de la maison
du *Bel-Air,* où était établi sa manufacture, fut taxé, tant
pour les conftructions anciennes que nouvelles, à 200 florins.
C'était une augmentation de soixante-cinq pour cent environ,
la taxe antérieure étant de vingt livres de gros.

La prospérité de la fabrique ne fit que grandir jufqu'à
l'époque de la mort de Febvrier, qui arriva le 27 avril 1729.
Mais avant de continuer l'hiftoire de la manufacture sous ses
succeffeurs, occupons-nous un inftant des produits sortis de
ses ateliers, de 1696 à 1729.

C'eft à cette première période de fabrication qu'appartient
l'autel portatif de Sèvres, qui eft venu révéler aux collectionneurs l'exiftence de la fabrique dont nous écrivons l'hiftoire.

On lit sur cette pièce :

FECIT JACOBUS FEBVRIER
INSULIS IN FLANDRIA
ANNO 1716.
PINXIT MARIA STEPHANUS BORNE
ANNO 1716.

A première vue , & n'était l'inscription , cet objet, de l'avis de MM. Riocreux & Albert Jacquemart , serait attribué à Rouen : « Matière , forme , peinture , tout semblait décéler » l'induſtrie rouennaise, tout juſqu'à l'habilité des arabesques » & la faibleſſe relative du deſſin d'un christ en croix for- » mant le tableau principal. »[1]

L'on pourra juger du mérite de cette décoration par la chromolithographie (planchè Nº 1) qui reproduit en grandeur d'exécution la moitié du décor tracé sur le soubaſſement de l'autel.

Du reſte, cette similitude de décor entre les faïences de Rouen & certaines faïences inconteſtablement fabriquées à Lille, similitude signalée par MM. Riocreux & Jacquemart, trouve son explication rationnelle dans ce fait que des artiſtes de la même famille & de la même école ont succeſſivement travaillé dans ces deux villes. C'eſt ce que nous allons établir.

La famille Borne , originaire de Nevers , a fourni des peintres aux manufaĉtures de Rouen, de Lille, de Sinceny & de la Belgique. Voici, d'après M. Dubroc de Segange[2], qui a publié un si remarquable & si consciencieux travail sur les faïenceries nivernaises, la généalogie des Borne :

Borne, Henri, faïencier à Nevers, mort le 15 mars 1716. C'eſt à lui qu'il faut attribuer, dit-il, des statuettes en faïence d'un travail remarquable, qui datent de la dernière moitié du XVIIᵉ siècle. L'une marquée H. B., datée de 1689, représente saint Henri; elle appartient au musée de la ville de Moulins; une autre, qui représente saint Étienne, eſt

---

(1) *Gazette des Beaux-Arts*, tome II , p. 147.
(2) La faïence et les faïenciers de Nevers, 1863.

également datée de 1689, & porte en toutes lettres cette inscription :

H. BORNE.

Cet Henri Borne eut quatre fils :

Etienne, né à Nevers, le 14 septembre 1672. (C'eſt le peintre lillois.)

Pierre, peintre en faïence, époux de Monique Thonnelier, né le 8 février 1695.

Jean, marchand faïencier.

Claude, né le 28 décembre 1699, peintre en faïence.

Ce dernier quitta Nevers pour Rouen où il peignit deux plats très-remarquables. Le premier, daté de 1736, représente *les Quatre Saisons;* l'autre, de 1738, *Diane surprise au bain par Actéon.* Tous deux sont signés CLAUDE BORNE.

De Rouen, il paſſa en Sinceny, en 1751, & de là, il fut appelé à Tournai en 1752, avec son fils & deux autres compagnons, pour travailler dans la manufaĉture qu'un nommé Peterynck, natif de Lille, venait d'établir dans cette ville ; mais il n'y séjourna pas longtemps, car dans la même année 1752, il se rendit à Mons dans l'intention d'y fonder lui-même une fabrique de faïence.

Puisqu'incidemment nous avons été amené à parler de Tournai, en racontant les pérégrinations de Claude Borne, signalons en paſſant ce fait curieux :

En 1696, c'eſt de Tournai que le magiſtrat de Lille fait venir J. Febvrier, & un demi-siècle plus tard, Peterynck, natif de Lille, déſirant établir une manufaĉture dans cette première ville, où il n'en exiſtait plus, fait valoir, dans sa requête au gouverneur des Pays-Bas, que les faïenceries

établies à Lille & à Saint-Amand levaient les terres nécessaires à leur fabrication, dans le territoire de Sa Majefté, &
qu'ensuite ils livraient leurs faïences aux sujets de ce même
pays. Dans l'espace de cinquante ans environ, cette induftrie,
on le voit, s'était complètement déplacée au profit de la ville
de Lille.

L'octroi pour l'établiffement d'une manufacture de porcelaine, faïence & brun de Rouen, fut accordée pour trente
années à Peterynck, le 3 avril 1751[1]. Quant à Étienne
Borne, il vint se fixer à Lille, au commencement du fiècle ; il
épousa, nous l'avons dit, le 4 mai 1704, Catherine Lefrancq,
dont il eut un fils, J.-Étienne. Febvrier fut un des témoins
de son mariage & le parrain de son fils.

Étienne Borne mourut le 16 octobre 1750, à l'âge de
78 ans, n'ayant jamais ceffé de travailler dans la fabrique
fondée par J. Febvrier. Son fils fuivit d'abord la même car-
rière (maître peintre, dit son acte de mariage avec Magdeleine-
Michel Buifine) ; mais il ne fit pas que de la décoration sur
faïence, car dans le catalogue de l'exposition de peinture
qui eut lieu à Lille, en 1773, nous avons trouvé deux tableaux
en son nom, & nous connaiffons dans cette ville un portrait
signé de lui. En 1783, il était doyen des peintres, membre
de l'académie de peinture & adjoint pour la décision des prix
de l'école de deffin.

Ceci bien établi, revenons aux faïences de Febvrier.

L'exposition universelle, dans la section de l'Hiftoire du
Travail, nous a montré un autel portatif du même genre que
celui du musée de Sèvres ; mais dans celui-ci, qui est la
propriété de M. le marquis de Liesville, les ornements, bien

---

(1) C'est à M. Alex. Pinchart, chef de section aux archives du royaume, à Bruxelles,
que nous devons ces différents renseignements.

qu'appartenant à la même école, sont moins artiftement
traités, & le tableau central eft remplacé par un dais d'her-
mine qui abrite un socle en relief, sur lequel était placée
une ftatuette de la vierge, dont le monogramme se lit sur
le fronton de l'autel. Nous copions l'inscription qu'il porte
au revers :

JACOBUS FEBVRIER FECIT

ET DEDIT

VEDASTO LUDOVICO LE JEUNE

PRESBITERO ET VICARIO

S^{ti} ANDREÆ

INSULIS IN FLANDRIA

ANNO 1716.

JOANNIS FRANCISCUS.
JACQUES PINXIT.

Cette inscription nous révèle un nouveau nom de peintre,
élève d'Étienne Borne, à ajouter à la lifte des peintres céra-
miftes lillois.

Nous avons enfin trouvé à Lille un troifième autel, plus
ancien ; celui-ci ne porte ni date ni signature & diffère des deux
précédents comme architecture. Les pilaftres engagés sont
remplacés par des colonnes, & sur la table d'autel sont
reproduits, en ronde boffe, des vases de fleurs & des chan-
deliers. Le tableau représente saint Nicolas reffuscitant les
trois enfants qui sortent du saloir traditionnel. Nous avons
offert cette pièce au musée de la ville.

Si, comme le prouvent les pièces signées que nous venons
d'énumérer, Febvrier, avec l'aide de peintres comme Étienne
Borne, François Jacques & autres, produisit des faïences
dans le genre de Rouen, il n'eft pas moins inconteftable pour
nous, que, grâce aux peintres & aux ouvriers qu'il avait tirés
de la Hollande, il imitait principalement les produits des
fabriques hollandaises, si juftement célèbres, & leur emprun-
tait à la fois & leur forme & leur genre de décoration, que

celles-ci avaient elles-mêmes copiés sur les porcelaines de la Chine & du Japon.

Dans ce genre, nous pouvons citer comme appartenant à la fabrication de Febvrier, une grande potiche bleue décorée de l'Écu de France soutenu par deux anges agitant des palmes. Cette pièce, antérieure à l'autel de Sèvres, doit dater de 1713. C'eft le témoignage patriotique du faïencier qui célébrait le retour de Lille à la France, à la suite du traité d'Utrecht.

C'eft à la même fabrication qu'il faut donner auffi ces plats creux, à larges cotes de melon, dont quelques-uns portent sur le fond les trois fleurs de lis de l'écu de France. Nous en avons trouvé signés au revers d'un F de trois à quatre centimètres.

Nous attribuons également à Febvrier les aiguières, les bouteilles à paffants, qui sont décorées, soit en relief, soit en peinture, de la fleur de lis, armes de la ville, que les artisans de cette époque appelaient la fleur de Lille.

Il exifte auffi, au musée céramique, un objet en faïence qui, par sa date & par le souvenir local qu'il consacre, appartient inconteftablement à la fabrique de Febvrier : c'eft une plaque rectangulaire cintrée par le haut, entourée d'ornements peints en camaïeu bleu & représentant en bas-relief le profil de Joseph Clément, prince du Saint-Empire & archevêque de Cologne, qui fut, en 1707, sacré dans cette ville par Fénelon. Une médaille fut frappée à Lille[1], pour perpétuer le souvenir de cette solennité, qui eut lieu dans la collégiale de Saint-Pierre, & la plaque de faïence en queftion reproduit, de façon à ne laiffer aucun doute, le profil de l'archevêque, tel que le donne la médaille commémorative.

---

(1) Van Hende. *(Numismatique Lilloise*, p. 207.)

Le musée poſſède auſſi, de la fabrication de Febvrier, un encrier ajouré & décoré d'arabesques en réserve, sur fond bleu, qui rappellent tout-à-fait le décor de l'autel de Sèvres. Cette pièce est datée en deſſous : 1715, et au centre des arabesques ajourées, dans une réserve sont inscrites les L entrecroisées, chiffre de Louis XIV, telles qu'elles ont été sculptées sur quelques-unes des portes de la ville après 1713, date du traité d'Utrecht qui rendit définitivement notre ville à la France.

Nous allons maintenant suivre le développement de la fabrique de Febvrier sous ses succeſſeurs.

FAÏENCES.

Vᵛᵉ FEBVRIER & BOUSSEMART,
Philippe PETIT.

1729 à 1802.

ACQUES FEBVRIER mourut le 27 avril 1729. Il s'était marié deux fois. De son premier mariage avec Catherine-Élisabeth Duvivier, il avait eu un fils, Adrien Febvrier, qui figure au regiftre aux Bourgeois de la ville de Lille, dès le mois de novembre 1719. De son second mariage, contracté à Lille avec Marie-Barbe Vandepopelier, il eut une fille, Marie-Thérèse-Joseph-Rocq, qui épousa, le 5 août 1726, Joseph-François Bouffemart.

Quelques mois avant sa mort, le 15 septembre 1728, Febvrier fit son teftament devant notaire et :

Considérant que ny a rien de plus certain que la mort, ni de si incertain que l'heure d'icelle, il veut & ordonne que tous ses biens,

meubles & immeubles, sa manufacture de faïences, uftensiles &
matières y servant, & tout ce généralement quelconque qu'il délais-
serait à son trépas, au cas qu'il viendrait à précéder Marie-Barbe
Vandepopelier, sa seconde femme, competent & appartiennent à
Adrien Jh Febvrier, son fils, qu'il a retenu de Catherine Duvivier,
sa première femme, à l'exclusion de Marie-Thérèse-Joseph-Rocq
Febvrier, sa sœur consanguine, la privant, pour causes à lui connues, de sa succeffion, imputant même à compte de sa légitime, à
laquelle il a déclaré la réduire, tout ce qu'il lui a donné en mariage.

Ces causes d'exclusion, connues de Febvrier, nous les igno-
rons ; mais ce que nous savons, c'eft que la veuve Febvrier prit
tout naturellement le parti de sa fille & de son gendre, &
qu'un procès s'engagea entre elle & Adrien Febvrier, pour la
poffeffion de la manufacture. Au cours dudit procès, la veuve
Febvrier, affociée à Bouffemart, son gendre, adreffa au roi
une requête[1] que nous donnons *in extenso* aux pièces jufti-
catives & que nous ne ferons ici qu'analyser pour abréger
notre récit.

Elle demande dans cette pièce :

1° L'autorisation d'établir de nouveaux fours.
2° L'interdiction, pour de nouvelles fabriques, de s'établir ä Lille
& à douze lieues à la ronde.
3° Le titre de manufacture royale.
4° La faculté de faire venir chaque année d'Angleterre, & aux
droits accoutumés, mille livres d'étain & deux mille livres de plomb.

Et elle faisait valoir, pour obtenir cette faveur :

Que les requérants font des ouvrages si beaux & de si bonnes qua-
lités *qu'ils sont préférés à ceux de Hollande, non seulement en Flandre,*

---

[1] Affaires générales, carton 1158.

mais encore par les marchands de Paris, & qu'en raison de ce que leur
manufacture est sans contredit *la plus importante du royaume*, ils ont
lieu d'espérer que Sa Majesté ne leur refusera pas la grace de l'ériger
en manufacture royale, comme elle a érigé celle établie à Bordeaux
par Jacques Hustin, & celle fondée à Montpellier par Jacques Ollivier,
& leur permettra de faire venir d'Angleterre, pendant vingt années,
la quantité de dix mille livres pesant d'étain, & vingt mille livres de
plomb, aux droits accoutumés; les suppliants ne pouvant se servir
des plombs & étains d'Allemagne qui, se trouvant mêlés de cuivre,
les obligent, pour les fondre, de faire cuire davantage leur faïence,
ce qui la rend plus fragile.

Cette supplique, qui prouve l'incontestable importance de
la fabrique de la veuve Febvrier, nous révèle, en même
temps, l'existence de deux manufactures royales, à Montpellier & à Bordeaux, dirigées, la première par Jacques Ollivier,
la seconde par Jacques Huftin.

L'hiftoire de ces deux fabriques eft encore à faire. [1]

---

[1] M. J. C. Davillers, dans une brochure sur les manufactures de faïences méri-
dionales, dit à propos de Montpellier : « D'après un petit livre publié dans cette ville,
» en 1759, il existait, dans les faubourgs de cette ville, des manufactures D'UNE TRÈS-
» BELLE FAÏENCE ; là se borne ce renseignement. » Il ajoute :

« M. A. Germain, dans les recherches qu'il a faites pour son excellente histoire du
» commerce de Montpellier, n'a rien rencontré à ce sujet. Je sais seulement, a-t-il eu
» l'obligeance de m'écrire, que vers 1760, un certain Philip établit à Montpellier une
» fabrique de faïences. Un de nos amateurs les plus distingués, M. Édouard Pascal,
» a bien voulu, de son côté, me fournir quelques renseignements. Une des petites
» filles du faïencier André Philip, la dame Gervais, aujourd'hui très-âgée, se rap-
» pelle avoir vu, dans ses premières années, les armoiries royales sur la porte de la
» manufacture. »

Ces différentes fabriques sont postérieures, on le voit, à celle de Jacques Ollivier,
qui déjà en 1729, d'après la requête ci-dessus, jouissait du titre de manufacture
royale. On trouverait peut-être aux archives générales, soit la requête de J. Ollivier,
soit l'arrêt qui lui confère le privilège. (*Note de la première édition.*)

D'après M. Jacquemart, la fabrique de Hustin, fondée à Bordeaux en 1714, était
représentée, dans les vitreries de l'histoire du travail, par cinq spécimens provenant
de la vaisselerie de la Chartreuse de cette ville. Des bordures polychrômes, à
masques et rinceaux, de style Louis XIV, entourent deux écus, l'un d'évêque, l'autre
de magistrat. (*Gazette des Beaux-Arts*, 1867.)

Copie de cette requête fut communiquée par les ordres de l'intendant aux magiftrats de Lille & à la Chambre de Commerce, & le 4 août 1729, le Magiftrat protefta contre les conclusions de ladite supplique, mais seulement au point de vue du monopole réclamé :

Ils représentent avec refpeft qu'ils ont exercé en tout temps le droit de police que le souverain leur a accordé, et que le feu roi les a confirmés dans ce privilége par la capitulation de Lille de 1667.

Ça été en vertu de ce droit qu'ils permirent, passé 25 ans, à J. Febvrier, d'établir à Lille la manufacture de faïence, et ça été par les avantages que les magiftrats lui ont procuré depuis ce temps, *qu'elle est parvenue dans sa perfection*. Febvrier avait dès-lors demandé un privilége exclusif qui lui fut refusé, & c'eft pour cela qu'il y a à Lille deux manufaftures (1) qui *font de très-beaux ouvrages* & où il y a du choix.

Les priviléges exclusifs ont toujours été regardés si préjudiciables au bien et à l'avantage du commerce et des manufaftures, qu'ils n'ont pas eu lieu dans les provinces de Flandre ; tout le monde sait que plus il y a d'artisans et manufaftures, plus il y a d'émulation, & c'eft par ce moyen que les manufaftures fleurissent & augmentent, & qu'elles produisent un avantage à l'État et aux villes où elles sont établies. Le privilége aurait pour résultat de faire sortir de Lille cette manufafture, pendant qu'elle y eft *établie dans toute sa perfection*. Les magiftrats laissent au Direfteur & Syndic de la Chambre du Commerce, de s'expliquer sur le préjudice que peuvent causer les priviléges exclusifs au bien & à l'avantage du commerce ; ils espèrent que M. l'Intendant aura la bonté de rendre un avis favorable, afin que la requête de Bouffemart & de sa belle-mère soit rejetée.

Quant à la Chambre de Commerce, elle appela Adrien Febvrier, lui donna lefture de la requête de sa belle-mère & lui demanda un mémoire écrit à ce sujet.

Dans ce mémoire, Febvrier s'élève tout d'abord contre le

(1) L'autre était celle de DOREZ dont nous parlerons plus loin.

privilége ; il fait valoir ses droits et ceux de la veuve Dorez &
de ses trois fils, qui dirigent la manufacture fondée par leur
père, & qui se sont appliqués depuis leur jeunesse, uniquement à cette profeſſion. Il insiſte principalement sur cette
considération, que la requéte de sa belle-mère n'eſt qu'une
voie indirecte par laquelle elle veut le priver de l'effet du
testament de son père, en lui opposant un arrêt du Conseil
qu'elle se propose d'obtenir & qui lui concèderait personnellement un privilége.

Nous n'avons pas trouvé le texte des conclusions de la
Chambre, mais ses opinions bien connues nous permettent
d'affirmer que, d'accord avec le Magiſtrat, elle se montra
contraire aux intentions de la veuve Febvrier, en ce qui
concerne l'obtention d'un privilége exclusif, & son opposition
sur ce point particulier fut sans doute la cause qui empêcha
les solliciteurs d'obtenir pour leur manufacture de faïence le
titre de manufacture royale qui fut concédé plus tard à leur
verrerie. Quant à la propriété de l'usine, une transaction
intervint sans doute entre les parties, puisque, bien qu'un
jugement des échevins rendu le 29 juillet 1729 ait maintenu
les prescriptions du testament, ce fut décidément la veuve
Febvrier qui continua l'exploitation de la manufacture.

Des pièces que nous venons d'analyser on peut conclure :
que si le Magiſtrat s'opposa énergiquement & avec raison, à
la concession d'un privilége exclusif, il n'en certifie pas moins
que la fabrique *était arrivée à sa perfection*. Et sans prendre
à la lettre les affirmations intéreſſées de la veuve Febvrier, on
peut croire que si les produits de la fabrique lilloise n'étaient
pas *supérieurs* (ce sont les termes de la requéte) aux faïences
hollandaises, ils se vendaient au moins concurremment avec
elles, aux marchands de Paris & de la province.

Trois ans plus tard, enhardis par les succès passés, la veuve
Febvrier & Boussemart adressèrent au Magiſtrat une nouvelle

requête. Il s'agissait cette fois d'obtenir la permission d'établir
à Lille une verrerie.

Ils offrent de l'entreprendre, avec l'espérance de la rendre auffi
florissante que leur manufacture de faïence, qui eft aujourd'hui *la
plus confidérable de l'Europe*, par la grande quantité d'ouvrages qu'on
y fait, dont la fabrique & le débit font subsifter plus de quatre cents
familles, & pour faire voir combien la manufacture de faïence eft
aujourd'hui floriffante, l'on joindra au présent mémoire l'état par le
détail de son contenu, & tel qu'il eft à présent, qu'on offre de juftifier.

État de la manufacture de faïence de la veuve Febvrier et du sieur Boussemart, son gendre.

Trois fours pour cuire la faïence, deux conftruits à la façon de
Hollande, & le troisième, qui eft double en grandeur, cuisant au
moins par an 1,287,600 pièces de faïence, toutes pièces utiles &
recherchées par le public, de manière que l'on peut dire qu'il n'y a
point une seule manufacture dans toute l'Europe où l'on faffe une
auffi grande quantité de faïence. Ce nombre sera vérifié, au besoin,
par le détail que donne chaque ouvrier, des ouvrages par lui faits.

Lesquels trois fours consomment, tous les ans, 60,000 faisceaux
de bois-blanc.

Un quatrième four qui sert à calciner le plomb & l'étain dont la
consommation est, savoir : pour l'étain, de six mille livres, & quant
au plomb, de douze mille.

Deux grands moulins dont l'entretien eft de six chevaux, composés
de douze lanternes & meules servant à broyer les couleurs, tant en
blanc qu'en bleu & autres, chaque meule broyant cent cinquante
livres de matières.

TERRE ET SABLE.

Quatre cents charrètées de marle de Grugeons (1),
Quatre bateaux de terre rouge tirée près la ville d'Aire,

---

(1) Gruson, village de l'arrondissement de Lille, près la frontière belge, à deux
lieues de Tournai.

Un bateau de sable venant du Saz de Gand,
Un demi-bateau de terre noire qui se tire proche d'Arras,
Douze charretées d'argile,
Deux tonnes de saffre, qui eft un bleu des Indes,
Quatre tonnes de bleu d'ampoiffe,
Mille livres de potaffe,
Quatre mille livres de soude d'Alicante,
Quatre cents livres de l'étarge d'or,
Deux cents livres de Périgor tirées du Périgor,
Cent livres de rouge,
Six cents livres de mine de plomb,
Cent livres d'antimoine,
Cinq mille livres de sel blanc,
Sept mille livres de plomb affiné,
Deux cents livres de limures d'épingles,
Et cinquante autres choses non spécifiées ci-deffus.

Douze moulins dont douze tourneurs, tournant l'un parmi l'autre trois cents pièces d'ouvrage chaque jour,

Un carreleur qui travaille au moins soixante mille carreaux de faïence par an;

Une femme qui fait tous les ouvrages moulés, au nombre de vingt mille par an;

Quinze peintres pour la peinture des ouvrages qui sont mis en couleur & qui gagnent, l'un parmi l'autre, cinquante patars par jour chacun (le patar valait six centimes un quart);

Un plombeur & son manœuvrier, qui mettent le blanc sur tous les ouvrages;

Cinq enfourneurs pour ranger les ouvrages dans les fours, & dont trois sont auffi cuiseurs,

Deux laveurs de terre;

Quatorze manœuvriers dont l'emploi est de régler les ouvrages & de les mettre en état d'être cuits;

Un étampeur de plombure et conducteur de chevaux;

Un fendeur de bois pendant l'année,

Un empailleur,

Et un nombre de neuf apprentis,

Et enfin le nombre de cent mille pièces ou environ, tant en caiffes pour cuire la faience, que mottes, carreaux, trépieds, jambes de chien, planches et autres outils à l'usage de ladite manufacture, non ici spécifiés.

Ils ajoutaient :

L'état qu'ils donnent de leur manufacture n'eſt que pour faire sentir combien il sera avantageux à la ville d'y établir auſſi une verrerie; on sait que c'eſt par le commerce & les manufactures établies dans Lille, que cette ville est tant renommée & rendue célèbre; c'eſt véritablement au commerce de ses manufactures qu'elle doit l'honneur & les richeſſes qu'elle poſſède.

Les suppliants énumèrent ensuite toutes les dépenses qu'ils auront à faire pour la conſtruction et l'approvisionnement de cette verrerie, & sollicitent en conséquence divers secours & exemptions.[1]

Le Magiſtrat, favorable en principe à l'établiſſement, était retenu par la crainte que la grande consommation de bois qu'entraînerait cette nouvelle induſtrie, n'en élevât conſidérablement la valeur pour les particuliers. Il consulta la Chambre du Commerce, qui répondit par un mémoire intéreſſant que nous donnons auſſi aux pièces justificatives; disons seulement ici, qu'il concluait énergiquement en faveur de Bouſſemart.

Enfin, après deux années de discuſſions, par un arrêt du Conseil d'État du 5 avril 1735, le Roi autorisa la veuve Febvrier & Bouſſemart à établir à Lille une verrerie et :

A y fabriquer des ouvrages de verres, criſtaux et émaux, à l'exception des verres à vitres & à bouteilles; leur permet de faire mettre au-

---

(1) Voir cette requête *in extenso* aux pièces justificatives

deffus de la principale porte d'entrée de ladite verrerie, un tableau à ses armes, avec cette inscription : VERRERIE ROYALE, & d'y avoir un portier à la livrée de Sa Majesté.

Cette verrerie fut conftruite sur des terrains contigus à la faïencerie, rue Princeffe, & achetés par Bouffemart.

Sans prendre à la lettre l'affirmation de Bouffemart, qui donnait sa faïencerie comme *la plus importante de l'Europe,* on eft forcé d'admettre que les pièces produites par lui, officiellement apoftillées par le magiftrat & la Chambre du Commerce, & adreffées au Conseil d'État par l'intermédiaire de l'intendant de la province, étaient l'expreffion vraie d'une situation induftrielle importante & profpère. Bientôt même les deux grands moulins aux émaux qui exigeaient l'emploi de six chevaux, ne fuffifent plus, et le 11 avril 1738, Bouffemart prend en arrentement pour cent ans, de l'abbesse de l'hôpital Comteffe, six cents de terre situés à la porte St.-André, & y fait conftruire en briques un vafte moulin mu par le vent, pour préparer l'étain et le plomb, à condition de payer chaque année, pour droit de vent, le jour de la Magdeleine, une razière de blé & un chapon. L'année suivante, il achète également de l'abbeffe de Marquette un vaste terrain non loin de son moulin; terrain sur lequel il fait conftruire des maisons d'ouvriers, des écuries & des remises pour ses chevaux & chariots, & quatre grands baffins en briques à usage de laverie de terre. Enfin, quelques années après, il prend encore à l'hôpital Comteffe 712 verges contiguës au terrain sur lequel il avait élevé son moulin, & y fait élever une grande maison de plaisance. (Ce sont les termes du registre aux impositions.)

Le moulin & la maison exiftent encore aujourd'hui, & nous reparlerons de cette habitation, qui nous a fourni des spécimens très-curieux de la fabrication de Bouffemart, quand nous aurons terminé l'hiftoire de sa grandeur & de sa décadence.

En 1749, M. Maffart, subdélégué général de l'intendance de Flandre, écrivit au Magiftrat de Lille pour lui communiquer deux mémoires[1] qui lui avaient été adreffés, & sur lesquels il demandait un avis motivé qu'il pût mettre sous les yeux de M. de Séchelle.

Le premier émanait des sieurs Douisbourg et Saladin qui, se fondant sur la grande quantité de faïence que les négociants de Dunkerque tiraient de Hollande, demandaient le privilège exclusif d'en fabriquer à Dunkerque, avec défense d'établir pareille manufacture à douze lieues à la ronde. Ils demandaient en même temps l'entrée en franchise de 600 livres de plomb & de 2,000 livres d'étain d'Angleterre, pour chaque année, & l'exemption de tous droits d'entrée en la ville de Dunkerque & toute autre ville.

Le second était de Bouffemart, qui s'était ému de cette demande ; il faisait valoir pour la combattre :

Qu'il n'avait rien négligé pour perfectionner sa manufacture, à quoi il n'eft parvenu qu'en faisant de grandes dépenses, dont la principale partie a été occasionnée *par la variété du goût et la recherche de bons ouvriers ;* que ce n'eft que depuis la paix qu'il commence à jouir du fruit de son travail, parce que le commerce des isles de l'Amérique est ouvert.

Que le sieur Douisbourg lui a débauché un de ses meilleurs ouvriers pour en faire son contre-maître ; que cet établiffement sera très-préjudiciable aux droits du Roi, parce que le sieur Douisbourg aura un magasin à Dunkerque qu'il remplira de faïence de Hollande qu'il déclarera provenir de sa manufacture & qu'il enverra aux isles, avec exemption de 20 % que le sieur Bouffemart paie sur les matières qui lui sont néceffaires.

_____

(1) Affaires générales, carton 1153.

Enfin, il conclut en demandant qu'il soit fait défense aux sieurs Douisbourg et Saladin de continuer leur établiffement, & ordonné que le bâtiment soit démoli & que son ouvrier lui soit renvoyé.

Le Magiftrat soumit la queftion à la Chambre de Commerce, dont nous inférons l'avis favorable à Bouffemart aux pièces juftificatives, & remit cet avis à M. Maffart, en y joignant quelques lignes où il disait :

Que les manufactures de faïences établies depuis longtemps à Lille méritent d'être favorisées ; elles sont une branche de commerce qui procure aux étrangers les faïences dont ils ont besoin, & l'envoi de ces matières au delà des mers fait vivre un certain nombre de familles & circuler l'argent.

Rien n'eft plus plausible & plus solide que l'avis des directeurs & syndics de la Chambre de Commerce, auxquels le Magiftrat se réfère, persuadé qu'il serait préjudiciable à la ville de Lille d'accorder au sieur Douisbourg ce qu'il demande.

Ces proteftations ne furent pas sans effet, car la fabrique de Douisbourg fut fermée, paraît-il, un an à peine après la date de son établiffement, & c'eft alors, sans doute, que Saladin alla établir sa fabrique à Saint-Omer, en vertu de lettres-patentes du 9 janvier 1751, enregiftrées le 9 juillet.[1]

Ajoutons que les *Annonces-Affiches et Avis divers*, publiés à Lille en 1761, renferment une réclamation intéressante au sujet de la faïencerie de Saint-Omer.

Dans une brochure intitulée *le Patriote artésien*, M. de Neuf-Église, ayant déploré qu'il n'exiftait pas en Artois des manufactures de belle faïence, à l'inftar de celles de Hol-

---

(1) Voir l'article de M. Jacquemart (*Gazette des Beaux-Arts*, septembre 1867).

lande, *de Lille,* de Rouen & du Boulonnais, un correspondant du journal répond :

Si l'auteur avait écrit son livre dans cette province , il aurait évité
de pareils faux exposés, parce qu'il n'aurait pu ignorer que dans le
faubourg de Haut-Pont de cette ville (Saint-Omer), le sieur Lévêque
dirige une fabrique de faïence à laquelle il aurait pu prodiguer les
plus grands éloges, tant pour sa bonne qualité que pour la beauté
des émaux & le goût du dessin. M. de Neuf-Eglise aurait été à portée
de savoir que cet artiste a remporté le prix de dessin, à Rouen, en
1750, & que MM. les magistrats ont fait plusieurs descentes chez lui
& qu'ils lui ont marqué leur contentement par les certificats qu'ils lui
ont octroyés & par les exemptions qu'ils lui ont accordées. — C'est à
ces certificats que M. Lévêque attribue les libéralités dont MM. les
États de cette province l'ont gratifié, à leur assemblée générale de
l'année 1758, d'une somme de 1,000 livres, & d'une autre pareille
en 1759; ce qui prouve la protection & l'encouragement que les
artistes trouvent dans cette province.

Revenons à Lille. — En cette même année 1749, un édit
royal autorisa Bouffemart à joindre à sa fabrication de verres
& de cristaux, celles des verres à vitres & à bouteilles. Il
acheta un vaste terrain rue Saint-Sébastien, & y fit élever
d'importantes constructions avec des dépenses telles qu'il
s'endetta considérablement. Les premières années n'ayant
point été heureuses, il compromit la grande position qu'il
s'était acquise avec sa faïencerie, & en 1756, il se vit forcé
de vendre le privilége de sa verrerie de vitres & bouteilles
à L.-J. Maufrais, Antoine Hubert & Cie. Cette vente eut lieu
moyennant le prix de : *deux cent mille livres,* somme importante pour l'époque, plus un intérêt d'un huitième dans
l'affaire réservée à Bouffemart, qui en resta le directeur.

Mais cette cession ne suffit pas à tirer Bouffemart de ses
embarras financiers. En raison des grands intérêts engagés,

le Magiftrat nomma deux syndics à la créance Bouffemart, & les créanciers, de leur côté, par acte devant notaire, constituèrent le 17 janvier 1758, pour leur procureur général, le sieur Juan-Domingo Deslobbes, avec miffion de les représenter *et de faire pour le bien de la créance ; même faire donner plus d'activité aux manufactures*. Celles-ci avaient, aux yeux de tous, une importance telle que la liquidation définitive ne fut jamais proposée, & que, pendant quinze ans, au moins, elles marchèrent sous la surveillance des syndics.

Le 22 avril 1758, par une décision du Magiftrat, le sieur Bodin, receveur séqueftre, fut autorisé, pour parachever le paiement d'une créance exigible et privilégiée de 24,000 florins, à faire vendre divers objets faisant partie du mobilier de Bouffemart.

Des aftes notariés[1] nous ont conservé la lifte des objets désignés pour cette vente ; on y voit figurer de l'argenterie & des bijoux pour une valeur intrinsèque de 3,539 florins ; nous y remarquons auffi des tapifferies de haute liffe, des meubles de damas & de velours ; deux tableaux représentant le Dauphin & la Dauphine avec cadres dorés, un caroffe doublé de velours d'Utrecht, une chaise à quatre roues, un clavecin ou épinette. Citons encore, parmi les objets en porcelaine & faïence, les suivants, à cause de leur désignation :

Deux jattes à la limonade, à la flamande.
Deux id.   id.,   à l'italienne.
Deux id.   id.,   à la parisienne.
Quatre pièces de garniture de cheminée, à la mode
    de porcelaine.

---

(1) Archives départementales, tabellion

C'était pour l'époque, on le voit, un mobilier de grand
luxe ; Bouffemart *roulait carosse*, & nous n'avons énuméré
les différents objets ci-deffus, que pour faire voir à quelle
haute position il était arrivé.

Du refte, tous ces embarras financiers ne paraiffent point
avoir trop entravé les travaux de la faïencerie. Les titulaires
des différentes fermes de la ville, ayant profité de ces cir-
conflances pour lui contefter la jouiffance de certaines
exemptions de droits, Bouffemart reprend sa bonne plume
de folliciteur & adreffe à M. de Caumartin, intendant,
une volumineuse requête[1], dans laquelle, comme toujours,
il vante sa fabrication & son induftrie ; il ajoûte :

> Qu'il eft conftant que le remontrant est, de toute la ville, l'homme
> qui y ait le plus établi de fabriques & toutes portées à leur perfeftion ;
> que dans le tems où il est occupé à la perfeftion d'une nouvelle entre-
> prise, qui ne pourra qu'être utile & agréable à la ville & en faire le
> plus bel ornement, on cherche à le priver des gratifications qui lui
> ont été accordées ; que l'ouvrgae à la perfeftion de laquelle le remon-
> trant s'occupe aftuellement, eft une faïence *dont la beauté de l'émail
> surpasse la porcelaine, et la peinture surpassera tout ce qui a paru de plus
> beau jusqu'aujourd'hui dans tous genres.* Les meilleurs peintres, tant en
> ornements qu'en figures, trouveront de quoi à y exercer leur talent,
> pour l'éclat & la beauté des couleurs qu'il a appropriées, elles sont
> & seraient de nature à pouvoir peindre *toutes sortes de fleurs au natu-
> rel, et même en figure, avec la même perfection que sur l'ivoire et la toile.*
> Les peines & les veilles qu'ont coûtées ces recherches au remontrant,
> lui méritent des considérations, & il n'eft qui que ce soit qui voudra
> se donner la peine de voir ces ouvrages, qui n'en convienne, etc.

M. de Caumartin fit droit à sa requête, & par une ordonnance communiquée au Magiftrat, lui maintint tous ses
priviléges & exemptions.

---

(1) Registre aux exemptions H, folio 35 et suivants.

A partir de 1762, les renseignements précis font défaut
pour un moment; mais les regiftres d'impôts conftatent toujours l'activité de la manufacture. Des actes notariés nous
ont appris, de plus, que la femme & les filles de Boussemart avaient racheté, à de grands rabais, d'importantes
créances & avaient appliqué au remboursement d'une partie
des dettes l'héritage de l'une de leurs tantes. En raison de
ces paiements, elles avaient pris, en leur nom personnel,
une hypothèque sur la manufacture de faïence; elles se
mirent même à la tête de la fabrication, Bouffemart ayant
quitté Lille pour aller habiter à Arras, chez son fils aîné,
chez lequel il mourut le 23 septembre 1773.

A sa mort, la veuve & les enfants provoquèrent une
liquidation judiciaire qui ne se termina qu'en 1774.

Toutes les propriétés furent vendues par M° Leroy,
notaire à Lille, à la requête du sieur Vandenbuck, curateur, commis aux biens abandonnés par F.-J^h Bouffemart.

Voici, en abrégé, les désignations données par le contrat de vente :

1° Une très-belle manufacture de faïence, avec deux portes cochères,
plusieurs corps de logis & tous bâtiments néceffaires à la fabrique,
cour, jardins, écuries, remises, très-beaux magasins, plus deux maisons y joignantes, front à la rue Princeffe.

2° Un très-grand moulin en briques, très-bien & solidement
construit, avec caves sous la motte, logement pour le moulineur,
grange, écurie, basse-cour; ledit moulin à usage de broyer les couleurs propres à la manufacture de faïence; le tout sur 119 verges,
tenu en arrentement de l'hôpital Comteffe.

3° Une très-belle laverie de terre à faïence, en quatre baffins très-
solidement conftruits, entourés de briques, avec écurie, grande
remise pour les charriots & travailleurs, maison & jardin, sur un
terrain en arrentement de l'abbaye de Marquette.

4° Deux cent cinquante verges, etc., etc.

10

Ces immeubles furent vendus par parties et produisirent environ 40,000 florins. La faïencerie & le moulin furent acquis par un sieur Charles Cornille, ami de la famille, qui n'achetait que pour conserver la manufacture aux demoiselles Bouffemart, & qui déjà, en 1760, était devenu acquéreur de la maison de campagne, moyennant 9,500 florins.

Quant à l'outillage de la manufacture et aux marchandises fabriquées & en fabrication, elles furent estimées par deux experts; l'un, choisi par le curateur, fut J.-B. Fauquet, le célèbre faïencier de Saint-Amand; l'autre, par les demoiselles Bouffemart, J.-B. Lefranc, marchand faïencier audit Saint-Amand. [1]

Le chiffre de l'estimation mobilière, faite au point de vue d'une reprise en bloc, s'éleva à 17,000 florins. Les demoiselles Bouffemart rachetèrent à la liquidation, pour 10,750 florins une partie du matériel & des marchandises, & continuèrent à travailler en leur nom jusqu'en 1778.

Nous avons même trouvé une requête, à la date de 1776, par laquelle la veuve Bouffemart & ses filles ont de nouveau recours à l'Intendant, pour la jouissance des exemptions antérieurement concédées. Elles affirment que leur manufacture est aussi importante que jamais; qu'elle occupe & fait vivre soixante ouvriers & consomme encore 60,000 faisceaux de bois.

Le 28 avril 1778, Anne-Albertine Bouffemart, âgée de 31 ans, épousa Philippe-Auguste Petit, greffier de la maréchaussée générale de Flandre & d'Artois, âgée de 46 ans. Les témoins de la mariée étaient les sieurs Hubert & Fran-

---

(1) Voilà le titulaire de la seconde fabrique de Saint-Amand, signalé par le Calendrier général de Flandre et de Hainaut, en 1775, comme le rival de Fouquet, et dont M. Lejeal dit n'avoir pu retrouver le nom.

çois Vandenpopelier, *peintres en faïence*, cousins iſſus de germains de la contraŝante.

A partir de cette date, ce fut Philippe Petit qui devint titulaire de la fabrique, dont il racheta les bâtiments au sieur Cornille, en 1783, & il continua à travailler jusqu'à la date de sa mort, qui arriva le 24 décembre 1802.

La fabrique fondée par Febvrier en 1696, a donc, sans sortir de sa famille, continué ses travaux pendant plus d'un demi-siècle.

Tous ces renseignements hiſtoriques, trop longuement développés peut-être, prouvent surabondamment l'importance de la manufaŝure lilloise, &, chose étrange, à partir de 1729, de cette fabrique qui pendant plus de soixante années a littéralement inondé le pays de ses produits, nous ne connaiſſons pas une pièce qui porte le nom ou la marque inconteſtée du fabricant.

Pour expliquer ce fait curieux, il n'y a que deux raisons : ou il faudrait admettre que pendant les soixante années qui sont précisément les années de prospérité, il ne sortit de la manufaŝure que des objets communs & vulgaires, indignes d'être recueillis & conservés, ou bien il faudrait, à défaut de cette raison, conclure avec une logique digne de M. de La Paliſſe, que les produits de l'usine de Bouſſemart sont attribués à des fabriques rivales.

La première raison ne réſiſte pas à l'examen, quand bien même on n'ajouterait qu'une foi reſtreinte aux affirmations réitérées de Bouſſemart, on ne peut admettre que le Magiſtrat de la ville, la Chambre du Commerce, l'Intendance de la province, aient été, pendant un demi-siècle, ses dupes ou ses complices, pour lui faire obtenir du roi des priviléges succeſſifs ; mais nous avons d'autres preuves à ajouter à celles-ci. Nous avons en effet trouvé, dans des papiers relatifs

à la Gouvernance, la faêture d'une livraison faite au duc de
Boufflers, gouverneur de la province. Cette faêture la voici :

État des vases fournis au jardin du Gouverneur, par ordre
de Monseigneur le duc de Boufflers, en 1738.

```
24 grand' vases, sans couvercle, à 25ˡ· l'un. . . .  600ˡ·
 2  id.,    à couvercle, à   30   . . . .  60
10 petits vases à. . . . . . . .  7ˡ· 10ˢ . . . .  75
                                              ———
                                              735
```

En 1748, à la mort du duc de Boufflers, ils furent rachetés
pour le compte de la ville de Lille & vendus à l'encan, en
1767, lors de la suppreffion du jardin du gouverneur. Nous
retrouverons peut-être un jour l'un de ces vases, qui devaient
porter les armes du maréchal.

Les prix de la faêture reproduite ci-deffus, dénotent bien
certainement, eu égard à l'époque, une fabrication de luxe.

Voyons maintenant l'inventaire de Fauquet fait en 1774.
Malheureusement cet inventaire ne contient que peu de
détails; c'eft le travail de deux induftriels qui, peu soucieux
des curieux de l'avenir, ont à fixer une valeur pour la
reprise en bloc d'un établiffement. Nous allons cependant
en détacher certains articles :

```
                                                 florins.
 7 vases couverts, à 5 florins 10 patarts . . . .  38  10
53 douzaines affiettes, à 44 patarts. . . . . . .  116  12
 9 pots à fleurs, à 16 patarts . . . . . . . .   7   »
13 vases peints, à 2 florins 8 patarts. . . . .  32   4
21 soupières. . . . . . . . . . . . . . .  80   »
10 douzaines de japons, saladiers, plats, compo-
    tiers, cafetières, écritoires, sauciers, cocqs,
    panniers, à 19ˡ· 4ˢ. . . . . . . . . .  192   »
```

	florins.	
1 fontaine.	12	»
5 potiches	3	»
11 vases.	9	»
3 urnes & 2 gobelets.	30	»
1 grand moule de vases & plusieurs de plats. .	15	»
Plusieurs moules de vases grands & petits. . .	25	»
Un moule de terrine & fontaine	55	»

Les carreaux, suivant qualité, sont eſtimés de six à onze florins le cent; bien évidemment ceci démontre une fabrication autre que la fabrication purement commune; que l'on tienne compte surtout qu'à l'époque de l'inventaire mobilier (qui s'éleva pourtant à 17,000 florins, nous l'avons dit), de graves embarras financiers avaient pesé pendant de longues années sur la manufaᴄ̧ture, dont la plus grande prospérité eſt circonscrite entre les années 1730 & 1755.

Reſte donc la seconde explication : l'attribution à des fabriques rivales. Ceci déplace, sans le résoudre, les termes du problême posé; nous nous occuperons de cette recherche dans le chapitre que nous consacrerons aux faïences, qui portent avec elles, sans désignation de fabrique spéciale, une preuve inconteſtable de leur origine lilloise.

Disons maintenant quelques mots des carreaux de faïence que nous croyons pouvoir attribuer à Bouſſemart.

Nous avons parlé d'une maison de campagne que ce fabricant s'était fait conſtruire près de son moulin aux émaux, à la porte de Saint-André. Le moulin & la maison de campagne exiſtent encore; cette dernière a été réédifiée en partie, mais le propriétaire aᴄ̧uel a reſpᴄ̧é, & nous l'en louons fort, la décoration de deux appartements à usage de salle à manger. Ces deux salles, à boiseries de chêne, présentent des panneaux entièrement décorés de carreaux

de faïence, & dans le centre de chaque panneau, les carreaux figurent des tableaux suspendus représentant, en
camaïeu bleu, des paysages & des marines. Chacun de ces
tableaux est formé de quarante-deux carreaux juxtaposés &
mesure 87 centimètres de largeur sur 75 de hauteur.

Ces peintures sont signées :

C: B. M.

le monogramme du peintre, sans doute.

Dans la première édition de son *Guide de l'Amateur de
Faïences*, M. Demmin signale une décoration semblable
dans un cabinet de sous-sol du château de Rambouillet, &
il attribue ces faïences à la fabrique de Delft. Voici les
preuves, ou plutôt les raisons qu'il donne de son attribution :

> On croit que le comte de Toulouse, duc de Penthièvre, fils de
> Louis XIV, pour qui Rambouillet fut érigé en duché-pairie, *les a
> rapportés de Hollande, pendant ses courses comme amiral, entre* 1700
> *et* 1710.

Quant au monogramme

C.
B.   M.

(telle est la disposition des lettres sur les carreaux de Rambouillet), voici comment il l'interprète : « Le monogramme
» qui se lit sur des tableaux flottants à la mer, *pourrait
» bien être* celui du peintre Verboom, connu aussi sous les
» noms de Van Boom & Boom, né à Harlem. Il a peint
» sur la céramie, de 1680 à 1700. »

Mais Verboom, Van Boom & même Boom, n'explique

pas plus C: B. M. que ne l'expliquerait Bouffe Mart, c'eſt la signature, nous le croyons, non du fabricant, mais du peintre.

Du reste, M. Demmin ajoute :

Le parquet de la pièce eſt également pavé de carreaux, mais ils ne sont pas de Delft. On reconnaît l'origine au deſſin & à la couleur jonquille, nuance de jaune, particulière aux fabriques françaises.

Bien que nous n'ayons pas encore trouvé le nom du peintre qui a signé ces tableaux, nous pensons qu'ils peuvent appartenir à la fabrication de Bouffemart, parce que, selon nous, ils ont été évidemment fabriqués pour les salles où ils ont été employés, & quant à ceux de Rambouillet, s'ils sont identiques, ils doivent venir de la même fabrique; nos manufacturiers, nous en avons la preuve, expédiaient beaucoup de carreaux à Paris & même à Rouen.

Dans la troisième édition de son ouvrage, M. Demmin attribue ces peintures à un nommé C. Boumeeſter, vers 1680. — La maison de Febvrier a été conſtruite vers 1740, nous l'avons dit.

Bouffemart n'avait point de marque de fabrique, pas plus que les faïenciers rouennais, & nous dirons pourquoi, à notre avis, dans le chapitre que nous consacrerons aux faïences lilloises.

Citons pourtant une marque toute accidentelle que nous avons découverte sur un porte-huilier en faïence, dont nous avons trouvé plusieurs répétitions à Lille & qui pourrait bien lui appartenir. Cet huilier, parfois en faïence toute blanche, parfois avec quelques filets bleus, porte cette marque :

qui se compose bien clairement des trois lettres J. F. B. Joseph François Bouffemart.

La concordance de ces lettres & l'exiſtence à Lille des pièces ainsi signées, nous paraiſſent assez probantes pour que l'on faſſe honneur à Bouffemart de cette jolie faïence dont, nous devons le dire, M. Lejael réclame la propriété pour J.-B. Fauquet, dont le nom présente, lui auſſi, les trois initiales qui signent cette pièce conteſtée. Mais pourquoi Fauquet aurait-il signé cette pièce de ses initiales, au lieu de la timbrer de la marque spéciale de la fabrique de St.-Amand qu'il dirigeait? *Adhuc sub judice lis est.*

PORCELAINE TENDRE,

FAÏENCES.

BARTHÉLÉMY DOREZ.

1711.

PRÈS l'importante manufacture établie à Lille par Febvrier, & par ordre d'ancienneté, vient celle de Barthélémy Dorez; mais celle-ci présente un double intérêt, car le but principal de cet établiffement fut d'abord la fabrication de la porcelaine, ce rêve de tous les faïenciers de la fin du XVIIe siècle & du commencement du XVIIIe. Les produits de la Chine & du Japon étaient pour ces artisans une énigme dont ils cherchaient à deviner le mot. La pâte tendre fut un des résultats de leurs recherches obftinées, & c'eft

une manufacture de porcelaine pâte tendre que Dorez vint établir à Lille.

Nous donnerons *in extenso* toutes les pièces relatives à la création de cette manufacture, car il importe, en présence des termes d'un arrêt du Conseil d'État daté de 1720, arrêt que nous reproduisons plus loin, de bien établir l'origine toute française de cette manufacture.

C'est en 1711 & non en 1708, comme le dit M. Brongniart dans le tableau chronologique où il résume l'histoire de la porcelaine, que cette fabrique fut fondée. 1708 est l'année du siége mémorable qui dura près de cinq mois, pendant lesquels Boufflers défendit si héroïquement la ville & la citadelle, & au cours de cette année qui vit arracher, pour quelque temps, notre cité à la domination française, les habitants eurent d'autres préoccupations que la création d'entreprises industrielles.

Nous avons, du reste, des titres authentiques à produire. C'est d'abord la requête ci-après : [1]

A Messieurs le Mayeur, Rewart, Eschevins de la ville de Lille.

Le sieur DOREZ ayant eu l'honneur de vous présenter des échantillons d'une nouvelle fabrique de porcelaine, façon de Chine, qui a paru, Messieurs, vous être agréable & dont nos seigneurs députés du Conseil d'État d'Hollande, Monseigneur le prince d'Holstein, gouverneur de cette ville, & autres qui en ont eu connaissance, lui ont fait l'honneur d'applaudir la beauté & le solide de ses ouvrages.

Ledit sieur Dorez & le sieur Pélissier, son neveu, *désireraient faire leur établissement en cette ville*, s'il vous plaisait, Messieurs, avoir pour agréable de leur accorder la permission d'y en fabriquer, ainsi

---

[1] Registre aux Résolutions 19, folio 95.

que de la faillance, entre autre d'une nouvelle composition qui réfifte au feu, tant du four qu'autres, sans se caffer, qui ne sera pas moins agréable & utile au public que la porcelaine dont il vient d'être fait mention, d'autant plus qu'elle sera d'un prix très-modique.

Et pour se mettre en état de parvenir à l'établiffement de cette manufacture & la soutenir avec honnêteté dans un temps auffi dérangé & malheureux que celui d'aprésent, il vous plaisait leur accorder, par gratification, un logement convenable à cet effet, les exemptions des droits & impots tant sur la bierre, bois, charbons, tourbes, centièmes, qu'autres impositions; la conftruction des fours & moulins seulement, laquelle lesdits sieurs Dorez & Pelliffier s'obligeraient de rembourser dans la suite, pour être moins à charge à la ville; cela pour conserver le peu de fonds qu'ils peuvent poffédent pour leurs provisions & autres choses néceffaires, qui se monteront plus de quatre mil florins, sans l'entretien des ouvriers, jusqu'à ce qu'ils soient en état de pouvoir retirer aucuns fruits de leurs travaux. Ils espèrent de vous, Meffieurs, tous les secours poffibles & raisonnables pour seconder leurs bonnes intentions dans l'établiffement d'une chose auffi curieuse que utile & qui ne peut qu'augmenter la bonne renommée de cette ville qui sera *la seconde de l'Europe* où on aye, jusqu'a présent, eu de pareilles fabriques, hors la Chine & les Indes.

Les sieurs Dorez & Péliffier, pour donner de plus promptes marques de reconnaiffance des secours qu'ils espèrent de la ville par vos bons offices, pour faciliter leur établiffement, s'offrent de la décharger de plusieurs des enfants orphelins ou autres, dont ils pourraient charitablement être chargés, les élèveront avec soin dans la véritable religion, leur apprenant l'art des fabriques ci-deffus & les rendant en état de gagner honnêtement leur vie.

Apoftille :

Soit, la présente requête mise en mains des sieurs échevins commis aux logements.

Fait en halle, le 24 avril 1711.

Moi préfent, signé : G.-F. LEROY.

Veu la présente requête, ouï les commis aux logements, nous permettons au suppliant de s'établir en cette ville, pour les manufactures proposées, auquel effet nous lui accordons un logement pendant six ans, dans la maison *ayant servi ci-devant à la fabrique de sucre;* le tout à la diligence des dits commiffaires qui conviendront, à cet effet, pour le parfait du bail de la dite maison; lui accordons l'avance de deux mille florins qui seront par lui remboursés à la ville, sans intérêt, dans les termes marqués par sa requête, en donnant bonne & suffisante caution, sinon il sera fait aux frais de cette ville des fours & autres à usage de sa manufacture, à concurrence de cinq cents florins.

Fait en halle, le 15 avril 1711.

Les échantillons produits avaient séduit le Magiftrat; ce n'eft plus une maigre avance de quelques centaines de florins, comme il l'avait fait pour la faïencerie de Febvrier, c'eft deux mille florins & le loyer d'une maison qu'il accorde à Dorez, manufacturier de porcelaine. Le Magiftrat avait sans doute été flatté de la pensée que Lille serait la seconde ville de l'Europe (Saint-Cloud étant la première pour Dorez) où semblable fabrication aurait été établie. Les termes de la supplique de Dorez indiquent suffisamment déjà qu'il s'agissait de créer et non de continuer l'exploitation d'une manufacture antérieurement établie. Ceci est mis hors de doute par les pièces qui suivent.

Quatre mois plus tard, Dorez a encore recours au Magistrat. Sa seconde requête [1] explique suffisamment dans quel but :

Le sieur Dorez ayant eu l'honneur, Meffieurs, de vous présenter la requête ci-jointe, vous supplie très-humblement de faire attention que la maison mentionnée à l'apoftille de la dite requête, qu'il vous a plu lui accorder pour établir sa manufacture, n'eft point convenable, ayant reconnu que l'ébranlement des coups de canon a mis hors de plomb tout le corps du bâtiment penchant fort du côté de la

---

[1] Registre aux Résolutions 19, folio 197.

rivière, que le plancher eft pour la plus grande partie pourri & hors de service, ainsi que le refte de la charpente. Qu'il faut faire un bâtiment entier pour la place convenable à la conftruction du four ainsi que celle des moulins, ce qui se monterait à des sommes confidérables pour les mettre en état de s'en servir, & en réparation journalière, dans lesquels les héritiers ne veulent entrer ni consentir, d'autant plus qu'ils sont à la veille de la faire vendre.

Pour pouvoir faire un établiffement plus solide & à moins de frais, le suppliant, depuis plus de trois mois, parcourt toutes les quartiers & a prié le sieur Gambette & plusieurs autres pour pouvoir en trouver une d'un prix modique & convenable. Il ne s'eft pu rencontrer que celle tenant le cabaret ayant pour enseigne : *la Ville de Dunkerque*, situé au petit rivage du haut, appartenant à M. Taviel, lieutenant de la gouvernance, laquelle a été bâtie exprès à usance de manufacture d'étoffe & de teinture, & n'eft que de cinquante florins de loyer par an plus que celle ci-deffus mentionnée, à laquelle il n'y a aucune réparation à faire, ni à la charge de la ville, ni de propriétaire, & où tous les lieux se trouvent conftruits tant pour y placer les fours, moulins & terres, comme si on l'avait bâtie exprès pour cette manufacture.

Le suppliant espère que vous aurez pour agréable de lui accorder, au lieu de la précedente, cette dernière étant vacante & prête à y entrer, le locataire offrant de la céder dès à présent au suppliant, qui n'a que le temps qu'il lui faut pour les préparations néceffaires pour profiter de la bonne saison, & n'attend que votre décision pour commencer, en acceptant les cinq cents florins qu'il vous a plu lui accorder pour la conftruction des fours, quoique ce secours soit fort modique, n'étant pas suffisant pour survenir à cette dépense, & le peu de fonds qu'il peut avoir lui étant très néceffaire, tant pour les matières, provisions de bois secs, terres & charbons, & pour la subsiftance de ses ouvriers, jusqu'à ce qu'il soit en état de recueillir les fruits de ses travaux.

Il espère que vous aurez pour agréable d'y joindre quelques exemptions sur les droits de la bierre pour la consommation, des tailles, de vingtièmes, de droits d'entrée sur les bois dont il a besoin ; soit dès à présent ou lors du renouvellement de la ferme au mois de septembre 1712.

Le suppliant ne manquera pas de répondre aux bontés que vous aurez pour lui, Meffieurs, en donnant dans le cours de ses travaux

toute la satifaction que le public peut désirer, espérant même que la
ville trouvera dans peu un bénéfice beaucoup au delà des gratifications
dont vous l'honorez, & pour prévenir les inconvénients qui pourraient
arriver que quelques-uns, croiant avoir le véritable secret de faire
la dite porcelaine, voudraient s'ingérer d'en faire vendre ou débiter à
l'avenir dans cette ville, le suppliant vous supplie, Meffieurs, de lui
en accorder le privilège exclusif à toute autre, vous affurant être *le
seul avec M. Chicaneaux*, de Saint-Cloud, qui ait le véritable secret
de la faire pareille aux échantillons qu'il a eu l'honneur de vous produire. Le maître de la manufacture de Rouen, ayant cru avoir pénétré
dans le secret, s'était ingéré d'en faire & vouloir faire vendre à Paris,
comme fabrique de Saint-Cloud, ce qui donnait une mauvaise réputation à cette dernière, par sa mauvaise qualité; l'abus s'étant décou-
vert, il a été contraint de n'en plus fabriquer, & c'eft à cet exemple
que le suppliant vous supplie, Meffieurs, de lui accorder seul le privilège en cette ville & au sieur Peliffier, son neveu.

Apoftille :

Avis conforme des échevins commis aux logements.

Fait en halle, le 9 juillet.

Vue la présente requête mentionnée, notre ordonnance du 25 avril
dernier & l'avis des commiffaires aux logements, nous avons autorisé
à prendre en bail la maison située au rivage de la Haute-Deûle,
appartenant au sieur Taviel, en place de celle avant servi à la fabrique
de sucre, pour trois, six ou neuf ans, au choix des preneurs de
résilier au bout de trois ou six premières années, & paiant par cette
ville le loyer des six premières années & que les trois dernières années
seront à la charge du suppliant & de son neveu, & pourquoi ils
interviendront dans le contrat du bail avec nos commiffaires, à charge
de plus le suppliant se servir des enfants orphelins & autres eftant à
la charge de cette ville & de les employer préférablement aux étrangers, conformément à ses offres insérées dans sa requête du 25 avril
1711, & pour le surplus ce que requiert ne se peut accorder.

Fait en conclave, le 7 août 1711.

Signé : G.-F. LEROY

Fidèle à ses traditions de liberté commerciale, le Magiſtrat, on le voit, refuſa le privilége exclusif, mais fit droit aux autres demandes de Dorez. Celui-ci inſtalla donc, sur le rivage de la Haute-Deûle, sa manufaĉture qui, comme faïencerie du moins, y perſiſta pendant plus d'un siècle.

Cette seconde requête vient à l'appui des prétentions de Rouen d'avoir fabriqué la pâte tendre à la fin du XVIIᵉ siècle, & malgré le dédain avec lequel Dorez parle du maître de la fabrique de Rouen, à qui selon lui défense fut faite de faire vendre sa porcelaine à Paris, on peut penser que si Poterat subit cette interdiĉtion, ce fut moins sans doute l'infériorité de ses produits qui en fut la cause, que la jalousie de ses rivaux. Le musée de Sèvres poſſède, en effet, un petit pot armorié en pâte tendre, au décor rouennais, qui égale, s'il ne les surpaſſe, les produits de Saint-Cloud de la même époque.

En 1712, troisième supplique [1]. La fabrique travaille, elle a produit des porcelaines fabriquées sous les yeux des délégués du Magiſtrat; Dorez demande, en conséqnence, la réalisation du prêt de 2,000 florins, sur lequel 5oo seulement lui avaient été versés pour payer la conſtruĉtion de son four. Laissons-lui la parole :

Suppplient très humblement Barthélémy Dorez & Pierre Peliſſier, son neveu, disant que depuis qu'ils ont eu l'honneur d'obtenir leur établiſſement en cette ville, ils ont continuellement travaillé à la manufaĉture de porcelaine, qu'ils y ont employé plus de six mille neuf cents livres de France; qu'ils ont dû négocier, savoir : celle de neuf cents livres à vingt-six pour cent de perte pour l'intérêt et la remise d'Orléans à Lille, & celle de six mille livres qu'ils avaient sur les trésoriers extraordinaires des guerres de France, en billets qu'ils

---

(1) Regiſtre aux Résolutions 19, folio 264.

ont été obligés de négocier à soixante pour cent de perte, pour avoir
de l'argent comptant, & cela à cause que la malicieuse critique des
gens jaloux de leur établiffement leur ont entièrement fait perdre le
crédit qu'ils auraient pu trouver en cette ville.

Ils ont encore eu le malheur d'avoir leur four brisé & rompu, ainsi
que toutes les marchandises en entier, ce qui leur a causé un dom-
mage & des intérêts confidérables; enfin ils se sont entièrement
épuisés pour parvenir avec honneur à vous faire voir les pièces de
porcelaine de leur manufacture, qu'ils produisirent sur le bureau
samedi 15 du présent mois d'octobre 1712, pour ne plus laisser rien
à douter à vos Seigneuries que tout ce qu'ont dit leurs adversaires
n'était que mensonge & supercherie, puisque vous connaîtrez par
les dites pièces produites que les suppliants ont une parfaite connaissance de cette manufacture, qui n'eft cependant encore que l'ombre
de ce qu'ils peuvent faire dans la suite, parceque les premières fournées ne peuvent pas absolument réuffir, à cause qu'il faut, avant
tout, fixer la composition des terres, mettre le four à son degré,
tant pour son luftre que pour la chaleur & égalité des feux, pour la
cuiffon des matières & attendre au surplus qu'ils soient en état de les
travailler facilement; pour tout ce que ci-deffus, pour y parvenir, il
a fallu sacrifier beaucoup de dépenses qui sont en pure perte pour
les suppliants.

Comme vous avez eu la bonté de leur accorder deux mille florins,
sans intérêt pendant six ans, par apoftille du 25 avril 1711, à la
requête par eux présentée, laquelle somme ils n'ont pu toucher, à
cause que la personne qui leur avait promis d'être caution ne leur a
point voulu tenir parole. Vous n'avez souhaité caution, Meffieurs, que
parceque vous aviez sujet de douter alors si les suppliants auraient
réuffi ou non; mais aujourd'hui ayant l'honneur de vous en convaincre par la production des pièces mêmes qui ont été faites à *l'intervention de messieurs vos commissaires,* qui sont auffi informés de tout
le contenu de la présente requête, les suppliants ont recours à votre
juftice, afin qu'il vous plaise leur accorder un billet d'ordre pour
recevoir ladite somme de deux mille florins, sous offre qu'ils font
d'impignorer tous leurs effets & marchandises de leurs manufactures,
pour sûreté de cette somme, avec offre de jurer de ne rien faire au
préjudice de la dite impignoration, prenant favorable égard que les
effets qui leur appartiennent se montent au moins à la somme de cinq

mille florins ; ce faisant vous mettrez les suppliants en eftat de commencer dans peu à tirer des sommes considérables des provinces voisines, même des pays étrangers, avec une terre inculte, comme les Chinois & les Japonais, ce qui ne contribuera pas peu à augmenter la réputation des manufaêtures de cette ville, étant auffi rare que curieux & utile.

Les premières pièces de porcelaine produites sur le bureau parurent sans doute satisfaisantes. Ceci résulte de l'apoftille :

Vue la présente requête, ouï les sieurs échevins, *commis en cette partie*, nous ordonnons qu'il soit fait une ordonnance au remontrant pour recevoir, de l'un de nos trésoriers, la somme de quinze cents florins, faisant avec les cinq cents qui lui ont été ci-devant avancés celle de deux mille florins, qu'il devra nous reftituer dans le tems, aux offres & conditions portées par ses requêtes.

Fait en halle, le 31 octobre 1712.

Moi préſent, ſigné : G. LEROY.

Puis, au bas de la requête, ordonnance à M. Jean Vollans, chevalier, seigneur Deswerquains, trésorier de la ville, de payer la somme de quinze cents florins, & la quittance de Dorez & Peliffier, avec leur signature originale [1].

Voilà donc bien conftatée la création d'une fabrique de porcelaine analogue à la porcelaine de Saint-Cloud, « *assurant qu'il est le seul, avec M. Chicaneau, de Saint-Cloud, qui ait le véritable secret, etc.,* » & cela, à la date de 1711 à 1712.

Maintenant, voyons quelle était la nationalité de Dorez. Une requête signée de lui [2] & relative à des exemptions de droits sur les boiffons, dont il prétendait jouir quand il fut,

---

(1) Affaires générales, carton 1153.
Affaires générales, carton 25, dossier 14.

en 1720, nommé salpêtrier du roi à Lille, nous apprend,
qu'en 1709, il était encore contrôleur des poudres de la province de Flandre, en résidence habituelle au moulin à poudre
de Brebières. La prise de Douai en 1710, en faisant paſſer
la province sous la domination hollandaise, lui fit perdre
sa position, & c'eſt alors qu'il vint s'établir à Lille & y fonder
sa manufaĉture.

Nous avons, de plus, trouvé sur le regiſtre aux bourgeois,
les trois mentions suivantes relatives à trois fils de Barthélémy
Dorez ; elles démontrent, sans conteſtation poſſible, l'origine
toute française de sa famille :

François-Louis Dorez, fils de Réné-Barthélémy Dorez & de Marie-
Françoise Chevalier, natif à La Louppe, diocèse de Chartres, marchand, ayant épousé Marie-Chriſtine Deleau, sans enfant.

Par achat, le 5 janvier 1731.

Martin-Claude Dorez, fils de feu Barthélémy & de Françoise Chevalier, natif de Douai, peintre & verniſſeur, garçon.

Par achat, 7 décembre 1731.

Réné-Barthélémy Dorez, fils de feu Barthélémy & de Françoise
Chevalier, natif de La Louppe, diocèse de Chartres, en Bauce, allié
à Marie-Agnès Alphonse, de lequelle il eut quatre enfants :

> Pierre-Barthélémy,
> Nicolas-Alexis,
> Marie-Françoise
> & Élisabeth.

Par achat, le 7 juillet 1741. (1)

La date de la fondation de la fabrique bien établie & la
nationalité de Dorez conſtatée, abordons l'examen de l'arrêt

---

(1) *Livre aux Bourgeois*, registre XI, folio 181, recto.

du Conseil d'État de 1720, que M. Jacquemart a publié dans la *Gazette des Beaux-Arts*

Pendant longtemps l'exiftence de la manufacture lilloise, n'ayant été connue que par ce document, les affirmations qu'il renferme ont du être acceptées sans discuffion ; aujourd'hui que nous avons retrouvé les lettres de fondation, nous avons à signaler les contradictions & les erreurs que renferment les considérants de l'arrêt du Conseil d'État ; citons-le tout d'abord avec les commentaires de M. Jacquemart :

Vue par le Roy & son conseil, la requête présentée à Sa Majefté par François & Barthélémy Dorez frères, entrepreneurs d'une manufacture de porcelaines & de faïences, à Lille, contenant que le feu Roy, informé de l'utilité dont il était pour le royaume de conserver la manufacture de porcelaines & de faïences que les Hollandais avaient établi à Lille depuis 1708, au moyen des terres propres pour cette fabrique, qui se trouvent entre la dite ville & Tournay, aurait engagé les dits frères Dorez, lorsque Lille fut rendue à la France par le traité de paix conclu à Utrecht, à acquérir la dite manufacture, ce qu'ils n'auraient pu faire qu'à des conditions onéreuses & après que Sa Majefté leur aurait fait entendre qu'Elle voulait bien les aider à soutenir une entreprise auffi considérable, pour le succès de laquelle ils ont fait de grandes dépenses, malgré les tems difficiles qui ont empêché les intentions du feu Roy à leur égard; que les frais de voitures par terre & les droits d'entrée qu'on fait acquitter sur les porcelaines & les faïences à l'entrée des cinq groffes fermes, conformément au tarif de 1664, ne permettent pas d'introduire dans le royaume celles de leur fabrique; la consommation ne s'en peut faire que dans la Flandre française, ce qui eft un trop petit objet pour les dédommager des sommes qu'ils ont employées pour former leur établiffement; mais que pour les mettre en mesure de le soutenir & de s'acquitter des emprunts qu'ils ont été obligés de faire à cette occasion, & d'ailleurs mettre leurs porcelaines & faïences en concurrance pour le débit avec celles des pays étrangers qui se vendent en France à meilleur marché, par la faculté qu'ont les fabricants étrangers d'avoir à meilleur compte que les sujets du Roy, l'étain & le plomb d'Angleterre qui entrent dans la composition de ces sortes d'ouvrages, & de les envoyer par mer jusqu'à Rouen, ce qui diminue beaucoup les frais de transport; requérant à ces causes qu'il plut à Sa Majesté leur accorder, pendant trois ans, l'exemption en entier des droits d'entrée des porcelaines & faïences de leur manufacture, qu'ils se proposent d'envoyer dans l'étendue des cinq grosses fermes.

Cette demande eût peut-être été accueillie, disent MM. Jacquemart & Leblan, mais les directeurs de la compagnie des Indes, intéressés au bail général des fermes unies de France, avaient été consultés; se fondant sur une demande de même nature formée par les entrepreneurs de la manufacture de Bordeaux & à laquelle il avait été satisfait par arrêt du Conseil du 24 novembre 1719, au moyen du simple abaissement du droit d'entrée fixé par le tarif de 1664, ils conclurent à l'adoption d'une mesure semblable en faveur de François & Barthélémy Dorez frères; l'arrêt se termine donc ainsi :

Ouy le rapport, le Roi & son Conseil, de l'avis de M. le duc d'Orléans & du consentement des directeurs de la compagnie des Indes, qui ont expressément déclaré ne prétendre aucune indemnité, lequel consentement demeurera joint à la minute du présent arrêt, a ordonné & ordonne que les porcelaines & faïences provenant de la manufacture établie à Lille par les dits François & Barthélémy Dorez frères, & accompagnés des certificats des dits entrepreneurs, visés par les commis du bureau des fermes de la dite ville, ne payeront, aux entrées des cinq grosses fermes, que cinquante sols par cent pesant brut, non compris les quatre sols par livre, au lieu de dix livres fixées par le tarif de 1664. Les dites porcelaines et faïences demeurant, au surplus, sujettes aux autres droits particuliers qui peuvent être dus à Lille; & seront pour l'exécution du présent arrêt, toutes lettres nécessaires expédiées.

Fait au Conseil d'État du royaume. Paris, le deuxième jour d'aout mil sept cent vingt. — Collationné.

Signe : RANCHIN.

Il y a contradiction entre les faits que nous avons longuement exposés avec preuves à l'appui & les termes de cet arrêt; mais ces contradictions sont toutes volontaires. En effet, les frères Dorez ne pouvaient ignorer que leur père, qui vivait encore & qui résidait à Lille à cette époque, avait créé la manufacture en 1711 & ne l'avait pas achetée à des Hollandais qui l'auraient établie antérieurement. Le choix de la maison fait par Dorez lui-même, la construction du four en 1712, les comptes de la ville, les regîtres d'impôt, tout contredit d'une manière absolue les affirmations de la requête de 1720 (telle du moins que l'arrêt la reproduit, car nous ne connaîſſons pas la requête originale des frères Dorez), & concorde à fixer irréfutablement l'année 1711 comme date de l'établiſſement & à aſſurer à Barthélémy Dorez le titre de fondateur. Seulement, les fils Dorez espéraient atteindre plus facilement le but de leur requête, qui était un abaiſſement de droits à leur profit, en demandant cette faveur comme une récompense promise & due à leur patriotisme, qui avait conservé à la France une induſtrie créée par des étrangers; il n'y avait, nous le répétons, au fond de tout cela, qu'une équivoque volontaire.

La fabrique avait été établie à Lille, *sous la domination hollandaise, il est vrai*, mais elle l'avait été par leur père qui était Français d'origine. Les regîtres aux impôts, les liſtes de capitation que nous avons scrupuleusement consultés de 1700 à 1711, nous permettent d'affirmer, avec une certitude absolue, qu'il n'exiſtait pas de fabrique de porcelaine, à Lille, avant celle que Dorez vint y établir. [1]

---

(1) Citons maintenant les quelques lignes que l'auteur du GUIDE DE L'AMATEUR DE FAÏENCES ET DE PORCELAINES consacre à la fabrique de Dorez.

« La porcelaine de cette fabrique devrait figurer parmi la porcelaine belge ou » hollandaise, puisque la ville de Lille n'appartient à la France que depuis le traité

Ceci bien établi, combien de temps les Dorez continuèrent-ils la fabrication de la porcelaine?

Sur les livres de comptes de 1712 à 1717, on trouve chaque année cette mention reproduite :

A Dorez & Peliffier, manufacturiers de porcelaine, pour une année de loyer échue à la Saint-Pierre, 300 florins.

« d'Utrecht. Lille, selon les uns, avait eu des fabriques de porcelaine depuis 1640,
» opinion que je suis disposé à partager. Il est vrai que les arrêts déposés aux archives
» de la ville fixent la date de la requête pour la demande d'autorisation d'une fabrique
» de porcelaine en 1711, requête dans laquelle on ne parle *que d'une fabrique hollan-*
» *daise* fondée en 1708. (Il n'y a pas un mot de cela dans la requête que nous avons
» reproduite textuellement.) Il me parait incontestable que la seconde fabrique, c'est-
» à-dire *la reprise de la première* (quelle première ?) pour l'établissement de laquelle
» les bailleurs de fonds Barthélémy Dorez et P. Pélissier, son neveu, adressèrent en
» 1711 la requête mentionnée, marcha uniquement par le secours des ouvriers et
» artistes hollandais, et avec les ustensiles et les fours de l'ancienne fabrique ; (on a
» vu que le premier four a été construit en 1712 avec les fonds de la ville) les deux
» requêtes l'ont, pour ainsi dire, reconnu (les deux requêtes disent absolument le
» contraire) et l'on lit dans l'arrêté de 1720 que le feu roy, informé de l'utilité dont
» il était pour le royaume de conserver la manufacture de porcelaine et de faïence que
» les Hollandais avaient établie à Lille depuis 1708........
» Inutile donc de nous arrêter aux singuliers sophismes d'une certaine monographie
» écrite dans un esprit chauviniste néophyte et où l'auteur prétend soutenir le con-
» traire. »

Nous en sommes fâché pour l'auteur du *Guide*, mais notre *chauvinisme* est d'accord avec la vérité. Les documents que nous avons cités textuellement établissent en effet :

1° Qu'il n'existait pas de fabrique de porcelaine, à Lille, antérieurement à 1711 ;

2° Que Dorez est le créateur de la manufacture ;

3° Que c'était bien une fabrication française et non hollandaise, puisque Dorez, Français d'origine, se donne comme un émule de Chicanneau de Saint-Cloud, et non comme un élève des Hollandais ; il n'eût pas manqué de faire valoir ce titre, si cela eût été la vérité, pour se concilier la faveur du prince d'Holstein, gouverneur de la ville pour les alliés, dont il sollicitait la protection, la ville étant alors sous la domination hollandaise, mais il y a plus, comment Dorez, qui n'avait pas quitté la France, aurait-il appris en Hollande, où *il n'existait pas de fabrique de cette espèce*, la fabrication de la porcelaine ?

Quant aux formes courtoises dont notre contradicteur enveloppe sa discussion, nous n'avons rien à en dire, nous ferons seulement remarquer que les quelques renseignements *exacts* que le Guide susdit renferme dans sa seconde édition sur les fabriques de nos contrées, sont extraits, sans indication d'origine, de notre modeste travail, dont nous avons eu le tort, il est vrai, de refuser, avant l'impression, une communication vivement sollicitée.

En 1716, le nom de Péliffier disparaît, le prénom de Dorez eft laissé en blanc & la mention eft ainsi conçue :

A. . . . . . Dorez & au sieur Taviel, lieutenant de la Gouvernance, ceffionnaire dudit Dorez, pour une année de loyer, 3oo florins.

Enfin, en 1717, la dernière des six années pendant lesquelles la ville s'était engagée à payer le loyer, le nom de Dorez, manufaturier de porcelaine, figure seul sur les comptes.

Pendant ces six années, la manufaure a donc fabriqué des porcelaines ; les subsides de la ville n'avaient été accordés qu'à cette conditien, & ils eussent été supprimés si Dorez avait ceffé cette fabrication.

La requête au Conseil d'État, de 1720, demande auffi la réduion des droits sur la porcelaine envoyée à Paris ; enfin, M. Jacquemart nous dit qu'il exifte aux archives du royaume une seconde requête des Dorez (dont il ne donne pas la date), qui sollicitait la faculté d'ouvrir un magasin à Paris, pour la vente en gros de la marchandise dont ils trouvent difficilement le placement ailleurs.

Donc, c'eft chose acquise que de 1711 à 1720, Dorez fabriqua des porcelaines, & ce n'eft qu'à l'époque où la consommation locale ne pouvait suffire à absorber ses produits, qu'il songea à aller chercher à Paris un débouché pour sa fabrication ; on pourrait même conclure de cette dernière demande qu'il ne redoutait pas trop la concurrence de la fabrique de Saint-Cloud, puisqu'il voulait aller lutter avec celle-ci sur le marché de Paris, malgré les droits maintenus & les frais de transport qui venaient encore s'ajouter à ces droits. Mais il y a plus, le témoignage contemporain d'un hiftorien du XVIII⁰ siècle nous permet même d'affirmer

que la fabrication de la porcelaine à Lille, a subsiſté au
moins jusqu'en 1730; en effet, nous lisons dans l'Hiſtoire de
Lille & de sa châtellenie [1], par Tirou, publiée à Lille en
1730, à l'article Commerce & Induſtrie :

Il y a plus de quatre mille marchands, dont plusieurs entretiennent
douze cents ouvriers & plus; l'on y fabrique de très-beaux draps,
des ratines, des serges, des damas, des velours, des camelots, des
tapiſſeries, des cuirs dorés, des savons blancs & noirs, des pipes, de
la faïence & porcelaine, &c., &c.

On le voit, la fabrique de porcelaine de Dorez fut aſſez
longtemps en activité pour que l'amateur doive se préoc-
cuper de la recherche de ses produits qui appartiennent,
par leur ancienneté, aux débuts si intéreſſants d'une importante induſtrie.

La porcelaine tendre lilloise doit être analogue, pour la
pâte du moins, à la porcelaine de Saint-Cloud. Barthélémy
Dorez cite *Chicaneau*, dans ses requêtes, comme le seul
qui connaiſſe cette fabrication; il est même à supposer que,
dans les débuts, on a dû imiter à Lille les genres de décor
de Saint-Cloud; mais plus tard, il ne serait pas étonnant
que, sous l'influence du goût local, le décor se soit modifié
pour chercher à se rapprocher davantage des porcelaines de
la Chine & du Japon qui, par la Hollande, s'étaient intro-
duites en grand nombre dans notre pays.

Quant à la queſtion de savoir si Dorez marquait habi-
tuellement ses produits, il nous eſt impoſſible de la résoudre,
et, dans l'hypothèse affirmative, avait-il pris pour marque
l'initiale de son nom Dorez, ou l'initiale de Lille, comme

(1) Lille, chez M. Louis Prévost, imprimeur, *aux Armes de la ville de Lille*,
1730. — page 149.

cela se pratiquait à Saint-Cloud. Toujours est-il que l'on rencontre sur des pâtes tendres analogues à celles de cette dernière fabrique, tantôt la lettre D, tantôt la lettre L, soit seule, soit deux fois répétée : LL, & que ces marques peuvent, avec beaucoup de vraisemblance, être données à la fabrication lilloise, qui seule, jusqu'ici, explique les sigles qui signent ces porcelaines.

Nous possédons, depuis quelque temps, une tasse (la pareille existe au musée de Sèvres), qui présente un genre tout particulier de décoration : ce sont des tables à huit pans. Or, nous avons dit que la manufacture de porcelaine avait été établie dans une maison appartenant à M. Taviel, lieutenant de la Gouvernance ; les armes de M. Taviel (armes parlantes [1]) étaient d'azur à trois tables octogones d'argent : deux & une. N'y a-t-il pas lieu de penser que ces tasses qui, par leur forme, appartiennent incontestablement aux premières années du XVIII° siècle, ont été faites par Dorez pour M. Taviel, son propriétaire & son protecteur, que nous avons vu, en effet, intervenir dans les comptes de l'année 1716?

En 1720, Barthélémy Dorez avait repris son ancienne profession & avait été nommé salpêtrier du roi, à Lille, laissant sa fabrique à ses enfants. Quant à Péliffier, aucun document ne nous a appris ce qu'il était devenu. Comme son oncle, sans doute, il chercha à reconquérir sa position ancienne ; or, nous avons lu dans une biographie du maréchal Péliffier, qu'un de ses aïeux était directeur des poudres & salpêtrier. Si cela est vrai, il est bien probable que le fondateur de la manufacture lilloise est un des ascendants du maréchal qui illustra son nom à Sébastopol.

De 1720 à 1750, la manufacture, sinon comme fabrique

----

(1) Taviel de Tabula.

de porcelaine, au moins comme faïencerie, continua de
travailler sous la direction de Réné-Barthélémy Dorez, puis
sous celle de sa veuve & de ses enfants. Quant aux deux
frères de Réné, ils avaient quitté Lille pour aller fonder &
diriger une fabrique de faïence à Valenciennes. On trouve,
en effet, dans les comptes de cette ville, que par une délibération en 6 novembre 1736, il a été accordé à François-
Louis Dorez une gratification annuelle de six cents livres,
pour le loyer de la maison où celui-ci avait établi sa manufacture de faïence; de 1736 à 1739, l'indemnité reparaît au
même nom; de 1739 à 1741, c'est la veuve François Dorez
qui jouit de cette faveur; de 1741 à 1742, c'est à Charles-
Joseph Bernard à qui le loyer est accordé; en 1742 & 1743,
ce sont les syndics de la créance de Charles-Joseph-Bernard,
puis Claude Dorez, *à qui ladite manufacture a été continuée.*

Claude Dorez figure de même au compte de 1743 à 1748;
il n'est plus fait mention de lui aux comptes suivants, jusqu'à
celui de 1756 & 1757, où on lit : *Au syndic de la créance de
Claude Dorez, ci-devant faïencier; une année de sa pension :
600 livres.*

Disons encore que deux autres manufacturiers de faïence
reçurent aussi une pension à Valenciennes; ce sont : Picard,
de 1755 à 1757, & Becar, de 1774 à 1779.

Mais revenons à la fabrique lilloise.

En 1749, la manufacture fut reprise par un sieur Michel-
Joseph Herreng, qui mourut quelque temps après. Sa veuve
lui succéda & dirigea l'établissement jusqu'en 1780. A cette
époque, il passa dans les mains du sieur Hubert-François
Lefebvre, & ce dernier reçut du Magistrat, en 1786, une
indemnité de cent louis, pour la transformation de ses fours
au bois en fours à cuire au charbon de terre; nous ne savons
si l'essai réussit. M. Alexis Lefebvre succéda à son père dans
la gérance de l'établissement, puis il le céda à l'un de ses

parents, M. Masquelez, & enfin, quelques années plus tard,
il en reprit la direction jusqu'à l'époque où l'établiſſement
s'éteignit définitivement, vers 1820 environ.

Comme nous l'avons dit à propos de Bouſſemart, répétons
tout d'abord que les produits de cette manufacture qui eut,
elle auſſi, plus d'un siècle de durée, sont à peu près inconnus.
De l'époque de Dorez, nous connaiſſons pourtant une pièce
authentique qui nous a permis d'en attribuer quelques-unes
avec une certitude relative. La pièce en queſtion eſt un pot
de grande dimension fait sur commande, sans doute, pour
être offert en cadeau à une aſſociation de dentellières (au
XVIIIᵉ siècle, l'induſtrie des femmes de Lille consiſtait
presqu'uniquement dans la fabrication de la dentelle au carreau), ou deſtiné au cabaret où elles se réuniſſaient le jour
de leur fête patronale (le Broquelet). Le pot, d'une contenance
de cinq à six litres, eſt d'une forme gracieuse ; le manche
eſt formé de cinq cables tordus, dont les extrémités s'attachent
au pot comme par une griffe. Sur le devant de la panse s'étale
un vaſte médaillon dans lequel eſt représentée une femme
faisant de la dentelle au carreau ; à côté d'elle, dans une
chaise de bois, eſt un tout jeune enfant, des jouets sont épars
autour de lui ; la scène eſt placée dans un paysage dont les
arbres sont peints à l'éponge, suivant la tradition hollandaise.
Au-deſſus du médaillon, & compris dans la frise d'un joli
goût qui entoure le haut du pot ; s'étale un écuſſon qui porte
en croix deux fuseaux de dentellière: Sous le pot, on lit :

N. A. DOREZ.

1748.

C'eſt-à-dire Nicolas-Alexis Dorez, un des fils de Réné-
Barthélémy

C'eft la seule pièce signée [1] que nous connaiffions de cette première époque, mais nous sommes très-disposé à attribuer à la même manufacture toutes les faïences dans le genre de Delft, qui sont signées, au revers, d'un D, surmontant un chiffre de série; cette conviction eft corroborée chez nous par ce fait, que des personnes de Lille connaiffant nos recherches, nous ont apporté des faïences ainsi marquées, qu'elles certifiaient, d'après des traditions de famille, provenir de fabrique lilloise.

Ce sont des assertions très-probables, mais ce ne sont pas des preuves, nous le savons.

Il faut auffi, croyons-nous, attribuer à cette fabrique toutes les faïences lilloises dont le décor procède de celui des porcelaïnes pâte tendre de Lille ou de Saint-Cloud. La planche N° II reproduit le décor de deux de ces pots qui figurent au musée de la ville. A défaut de la signature du faïencier, leur origine s'établit par les noms du destinataire inscrit dans des banderolles ou des cartouches faisant partie du décor.

Sur l'un, on lit Théophile LEFER; sur l'autre, Gangulphe DUVOCELLE; tous deux Lillois, comme le prouvent les regiftres aux bourgeois & aux capitations.

Nous avons dit que la fabrique avait eu, pour dernier propriétaire, M. Alexis Lefebvre; nous avons pu acquérir, à la vente qui eut lieu après son décès, des carreaux de faïence que M. Lefebvre considérait comme les produits les plus remarquables de sa fabrication & qu'il conservait précieusement encadrés. Ces carreaux sont, en effet, décorés de peintures d'une finesse excessive; ils représentent des fleurs, des fruits, des oiseaux, traités avec un talent remarquable. Ce n'eft plus de la décoration, c'eft de la peinture, & si

_____

(1) Elle a figuré à l'exposition universelle, N° 4205 du catalogue.

FAÏENCE LILLOISE

MUSÉE DE LILLE

MOTIFS DE DÉCORATION.

parfaits qu'ils soient comme fabrication & comme décor,
on sent, en les voyant, que le règne de la porcelaine était
arrivé & que la plus grande préoccupation du faïencier a
été d'imiter l'aspect de ce nouveau produit.

La tradition locale en attribue la peinture à M. Pinart,
célèbre peintre céramiste, natif de Lille, qui fit dans cette
fabrique ses débuts de décorateur.

FAÏENCES LILLOISES.

JEAN-BAPTISTE WAMPS. — MASQUELIER.

1740.

 NE TROISIÈME fabrique de faïence s'établit à Lille, en 1740. Elle fut fondée par un nommé Jean-Baptifte Wamps, qui avait travaillé dans les ateliers de Bouffemart & de Febvrier. Le père de Jean-Baptifte Wamps fut même, en 1704, un des témoins du mariage de Febvrier. Jean-Baptifte avait un frère, Joseph-Bernard, qui obtint, en 1715, le grand prix de l'Académie de peinture de Paris, pour son tableau *Judith recevant en cadeau les trésors trouvés dans la tente d'Holopherne.*

Nous nous sommes même demandé, en raison de l'intimité de son père avec Febvrier & de la profeffion embraffée

plus tard par son frère, si le lauréat de l'Académie royale
n'avait pas fait ses débuts plus modestes dans l'usine de
Febvrier. Frappé sans doute de ses dispositions, on le fit étudier
d'abord à Lille, dans l'atelier d'Arnould de Wuez, & ensuite
à Paris, d'où il revint en 1720, pour se fixer définitivement
à Lille.

Jean-Baptiste Wamps ne fabriqua, de 1740 à 1755, que
des carreaux de faïence façon de Hollande. En 1755, après
sa mort, la manufacture fut reprise par un nommé J. Masquelier, qui adressa au Magistrat la requête ci-après [1] :

Supplie très humblement Jacques Masquelier, directeur de la manufacture de carreaux de faïence à la manière d'Hollande, qu'il vous a
plu d'établir le 21 mars 1740, en faveur de Jean-Baptiste Wamps,
disant que Marie-Catherine Wamps, sœur de ce dernier, a chargé le
suppliant de la direction de la manufacture pendant son vivant, &
qu'à sa mort, arrivée le 12 septembre 1752, par son testament du 7
dudit mois, lui a cédé cette manufacture ; mais comme aujourd'hui
que les sieurs Bouffemart, Herreng & plusieurs autres manufacturiers
des environs de cette ville, font des carreaux de faïence à la manière de
Hollande & en même temps les autres espèces de faïence, cela diminue
considérablement le gain que le suppliant a pu faire sur ses marchandises, & l'empêche, en quelque manière, de gagner la vie ; pour quoi
il désirerait qu'il vous plût, Messieurs, lui accorder la permission de
fabriquer, dans sa profession, toutes sortes de faïences, comme dans
les manufactures des sieurs Bouffemart & Herreng, & de tâcher
d'exécuter ces ouvrages *à la manière de Rouen et des pays étrangers.*

Le Magistrat demande l'avis du procureur-syndic. Le voici :

Je ne vois pas de difficultés, Messieurs, à accorder au suppliant sa
demande, puisqu'une manufacture de toutes sortes de faïences ne peut

---

[1] Registre aux Résolutions 85, folio 101.

être qu'avantageuse au public. Il eſt vrai qu'il y a déjà deux pareilles manufaĉtures établies en cette ville par les sieurs Bouffemart & veuve Herreng, mais une troisième ne peut donner que de l'émulation aux manufaĉturiers & les exciter à perfeĉtionner de plus en plus leurs ouvrages, & c'eſt le moyen de rendre cette ville plus floriſſante.

On doit d'autant moins refuser cette demande que le suppliant n'exige ni pension, ni avance, ni exemptions, comme ont fait les sieurs Dorez et Péliſſier, auxquels vous en avez accordés, en lui refusant, toute fois, le droit exclusif de faire pareils ouvrages.

Le Magiſtrat accorda la permiſſion demandée d'établir cette manufaĉture dans la maison ci-devant occupée par Wamps. Cette maison était située rue du Metz, & jusqu'en 1920, le fils & le petit-fils de Masquelier y continuèrent leur induſtrie. Cette manufaĉture, bien qu'elle eut obtenu, on l'a vu ci-deſſus, le droit de fabriquer toutes espèces de faïence, ne produisit presqu'exclusivement que des carrèaux de faïence. Nous avons eu entre les mains un livre de notes qui porte à la première page cette mention : *Livre de Jacques-Joseph Masquelier, commencé en* 1771.

Ce livre d'affaires, qui eſt tout simplement un recueil de notes sans ordre, bien différent de la comptabilité régulière des négociants modernes, mentionne des livraisons & des ventes de carreaux, tant à Lille qu'au dehors; on y trouve un aſſez grand nombre d'expéditions faites à Paris & même à Rouen. Les indications qu'il contient, de carreaux vendus à Lille pour telle & telle maison, nous ont permis de constater, avec certitude, l'origine lilloise & non hollandaise de beaucoup de ces produits, dont l'attribution n'eſt pas toujours facile. Il nous a aussi utilement renseigné sur les prix des carreaux de faïence. Nous allons reproduire quelques-unes des désignations naïves que nous y avons trouvées.

Les carreaux ordinaires se vendaient environ neuf livres le cent, en moyenne.

14

On lit, dans le livre Masquelier les diverses désignations
ci-après :

— Carreaux ordinaires.   Feffes de grenouilles.
Roses paysans.   Feuilles verdes
Arabeffes (arabesques).   Labyrainte coloré.
Mosaïques.   Bergers & Bergères.
Quatre fleurs.   Jeux d'enfants.
Carottes violet.   Fin d'Isabel? à 24ˡ· le cent.
Romarines.   Bouquets chinois.
Françaises.   Étoiles bleues.
Oiseaux colorés.   Étoiles roses.
A huit pans.   Bordures indiennes.

Puis des tableaux formés par la juftaposition des carreaux :

Un perroquet de 4 carreaux.
Un chat de 6 carreaux, à 21 patards chacun.
Un chien   id.,   id.
Une dame de 24 carreaux.
Le joueur de cartes de 24 carreaux.
La lanterne magique de 12 carreaux.
Trois couples de figures contenant 36 carreaux à 4 sols la pièce.
Coqs & poules de 12 carreaux.
Le joueur de quilles de 24 carreaux, à 6 patards l'un.
Un cochon de 16 carreaux.
Un mouton de 16 carreaux.
Un tableau de boucher de 36 carreaux.

Quant à ce dernier objet, comme il faisait partie de la
même vente que le cochon & le mouton, nous devons croire
qu'il s'agiffait, non de la reproduction d'une œuvre du peintre
galant du XVIIIᵉ siècle, mais plutôt de la représentation
d'une scène profeffionnelle : l'immolation d'une victime,
sans doute.

Cette fabrication de carreaux était commune, comme
nous l'avons dit, aux trois fabriques dont nous avons fait
l'hiftoire; elle avait, commercialement, une grande importance, ces carreaux étant généralement employés en Flandre,
au dernier siècle, pour le revêtement des murs dans les
veftibules, cuisines & même dans les salles à manger.

Copiés d'abord sur des produits similaires des fabriques
hollandaises, les carreaux des usines lilloises pourraient
difficilement se diftinguer de ceux-ci; le décor au bleu de
cobalt ou au brun-violet de manganèse, imite à s'y méprendre
les modèles étrangers; mais au bout d'un certain temps,
les fabricants arrivent, avec des carreaux juxtaposés, à
composer des personnages qui atteignent parfois la grandeur
naturelle; la polychromie s'introduit dans leur décoration,
les peintres représentent des scènes religieuses, des paysages,
des copies de tableaux connus; ils imitent les coftumes de
l'époque. Alors apparaît l'originalité des produits locaux, &
l'individualité des décorateurs français se deffine. De nombreux spécimens de cette fabrication exiftent encore dans
beaucoup de vieilles maisons de nos villes du Nord, &, à
défaut de la signature du décorateur, l'exiftence de la fleur
de lys ou de certains signes conventionnels dans les angles
du carreau, révèle souvent les fabriques indigènes.

Le musée de la ville poffède des spécimens affez nombreux
& très-remarquables de ce genre de fabrication; l'un de
ces carreaux représente les armes de la ville, avec la date
de 1734.

On y peut remarquer auffi les carreaux au décor poly-
chrôme, qui ont figuré à l'Exposition universelle & qui
représentent le jeu du cerf-volant.

Nous avons fait, du refte, disposer le musée céramique,
auquel nous consacrerons un chapitre, de façon à ce qu'il
nous soit facile d'y exposer un grand nombre de types de

cette fabrication locale. Les armoires en chêne, deftinées à renfermer notre colleÆion, sont séparées par des pilaftres qui seront décorés de carreaux de faïence à l'émail brillant.

L'ufine Masquelier fut la dernière, à Lille, qui abandonna la fabrication de la faïence. Elle était paffée, en 1788, à Germain Masquelier, fils de Jacques : puis, en 1808, à son petit-fils, & il exifte encore, chez leurs descendants, de grandes plaques peintes qui datent des dernières années de la fabrication.

FAÏENCES LILLOISES.

MANUFACTURES DIVERSES.

NDÉPENDAMMENT des trois manufactures importantes dont nous venons de retracer l'hiſtoire, il fut créé à Lille d'autres fabriques sur lesquelles nous ne poſſédons, pour tous renseignements, que les titres relatifs à leur établissement, conservés dans nos archives. Nous allons reproduire, par ordre de date, les requêtes des poſtulants, dont les termes intéreſſent singulièrement l'hiſtoire dont nous nous occupons.

CHANON. [1]

—

1714.

—

Voici la supplique [2] qui nous a révélé l'exiftence de cette manufaĉure ; nous la donnons textuellement dans son originalité & dans son naïf enthousiasme :

Meffieurs, le suppliant vous représente qu'après avoir travaillé l'espace de huit mois, dans la présente ville, de l'art & profeffion de faïencier, en qualité d'ouvrier, ledit suppliant souhaiterait de travailler en particulier, si vos Seigneuries en sont contents ; mais cela n'eft point pour faire de la faïence que le dit suppliant veut faire, mais une nouvelle fabrique de terre brune que l'on appelle la *terre de S¹.Esprit,* comme caffetières, théières, tourtières à pâtés, gardes à manger, plats à bouillir & cabarets pour servir à table pour prendre du thé, chocolat & café, enfin ce qu'on veut ; le tout résiftera au feu comme le fer, avec un vernis d'écaille tortue qu'il n'y a rien de si magnifique ; le tout travaillé à faire plaisir, ce qu'on ne fait point dans ce pays.

Il eft vrai qu'il y a un marchand de faïence de cette ville qu'il en a quelques pièces, mais c'eft bien rare, car il vient de deux cents lieues loin, & le suppliant se qualifie d'en faire de semblable, parce qu'il appris dans ce pays là, & il ne croit pas qu'il y ait personne dans

---

(1) Ce Chanon serait-il un ascendant du Chanon qui établit à Paris, vers 1784 , une fabrique de porcelaine et qui, à l'époque de la Révolution, fut pendant quelque temps directeur de la manufacture de Sèvres ?

2) Registre aux Résolutions 20 , folio 140.

la ville capable d'en faire comme le suppliant pourra faire avec l'aide du Seigneur & la permiſſion de vos Seigneuries. Aussi bien il fera des étuves pour se chauffer l'hiver sans voir le feu, à la mode d'Allemagne ; le tout de cette terre brune, comme avec un vernis marbré, entrémêlé de quelques pièces de faïence, comme espèce de carreaux qui convient aux demeures, qu'il n'y a rien de si charmant. Enfin, ledit suppliant souhaiterait de tout son cœur qu'il y en eut quelqu'un dans la ville pour avoir le bonheur de vous le faire voir.

A ces causes, il vous demande la permiſſion d'établir un four dans sa maison, près la cense du Metz, pour faire quelque pièce curieuse, espérant que quand vos Seigneuries auront vu son savoir faire, qu'ils en seront très-contents.

A ces causes, il vous demande la permiſſion de faire un petit four d'environ quatre pieds de longueur, autant de largeur, dans sa maison proche la cense du Metz, pour faire quelques pièces curieuses pour avoir le bonheur de vous présenter, ne pouvant vous faire voir son petit savoir faire autrement, espérant que quand vos Seigneuries auront vu son petit savoir, ils en seront très-contents & qu'il fera aussi plaisir à beaucoup d'autres personnes de mérite, auſſi bien que l'utilité du public.

En attendant quelques gratifications de vos Seigneuries, comme le louage d'une petite maison de dix livres de gros & la bière & vin sans maltote. Espérant cette grâce de vos Seigneuries, ce faisant le suppliant priera le Seigneur pour la conservation de vos biens & une heureuse prospérité & le salut de vos âmes. AMEN.

·Le 15 mai 1714, le Magiſtrat ordonna une visite des lieux, & enfin, le 25 du même mois :

Vue la requête, le certificat de catholicité, de bonne vie & mœurs dudit Chanon, l'avis des commis aux visitations ; ouï le procureur de cette ville :

Il eſt permis au suppliant de s'établir dans cette ville & d'y fabriquer des ouvrages en terre brune appelée *terre de Saint-Esprit*, à la façon d'Angleterre & du Languedoc, auquel effet ce fut autorisé de faire le four demandé, à charge de le faire dans l'endroit & ainsi qu'il lui sera marqué par le maître maçon juré de cette ville.

Voilà tout ce que nous savons sur cette fabrique. Cette
terre de Saint-Esprit ne serait-elle pas quelque chose d'analogue aux terres verniffées que l'on appelle *Faïence d'Avignon?*
Toujours eft-il que l'on trouve encore affez fréquemment,
dans nos contrées, des objets en faïence ancienne qui
répondent affez exactement à la description donnée par
Chanon. Nous ajouterons que les théières & les cafetières
de cette nature sont affez généralement enrichies de chaînettes
en argent, ce qui semble indiquer que l'on accordait une
certaine valeur à ces objets, dont la pâte fine & légère eft
recouverte d'un vernis noir très-brillant.

HÉRINGLE.

—

1758.

—

Voici encore une requête extraite du regiftre aux Résolutions[1] du Magiftrat; elle eft relative à l'établiffement d'une
fabrique de poêles de faïence :

Supplie très-humblement le sieur Héringle, natif de Strasbourg,
disant qu'il a travaillé pendant sept ans consécutifs à la manufacture
royale de la terre d'Angleterre, à Paris, ainsi qu'il résulte des certi-

---

(1) Registre aux Résolutions N° 88, folio 59.

ficats joints; comme il n'y a point de franchise en cette ville pour
cette manufacture, il souhaiterait y fabriquer des étuves très-com-
modes, ce qu'il ne peut sans votre permiffion.

Licence de s'établir à Lille pour y fabriquer des étuves de
faïences, fut accordée à Héringle, le 20 mars 1758.

Malheureusement, nous n'avons pas trouvé les certificats
que le suppliant dit joindre à sa requête; ils nous euffent
peut-être appris, sinon ce qu'était cette manufacture royale
de terre d'Angleterre, à Paris, du moins les noms des titulaires de cette fabrique.

Les poêles de faïence étaient très-communs dans notre
pays, au siècle dernier; mais rien ne nous a fourni la preuve
qu'ils provinffent de la fabrique de Héringle.

GUILLAUME CLARKE.

1773.

Mentionnons enfin, pour terminer, une requête de 1773 [1],
relative à une sixième fabrique :

Supplie très-humblement Guillaume Clarke, natif de Niwascle, en
Angleterre, disant qu'il poffède le secret d'une espèce de faïence qui

---

(1) Registre aux Résolutions 51, folio 6.

ne se fait qu'en Angleterre, qui eſt à peu près auſſi belle que la
pòrcelaine & qui a la propriété de réſiſter au feu sans se féler; que la
terre de cette faïence se trouve dans le royaume, même à portée de
cette province, il y a lieu de croire que la manufacture que le suppliant se propose d'établir dans cette ville y sera bien reçu ; que
MM. du Magiſtrat de Saint-Omer lui ont offert cinq à six mille livres
pour se fixer dans leur ville, mais que le suppliant espère d'en être
indemnisé par le secours & la protection que vous daignez accorder
à son établiſſement, qui sera le seul de son genre qu'il y ait en
France ; que pour y réuſſir il ne demande qu'un emplacement dont il
paiera loyer, & l'exemption des droits d'octroi pour lui & les siens.

L'autorisation fut accordée le 10 mars 1773. Voilà tout
ce que nous savons sur cette fabrique de faïence anglaise.

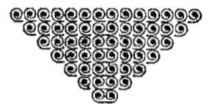

LES

FAÏENCES LILLOISES.

DESCRIPTION.

ous avons, en écrivant l'hiftoire des trois plus importantes manufactures de faïence de Lille, effayé la description de quelques pièces qui proviennent inconteftablement de chacune d'elles; mais, dans les collections, il en exifte un grand nombre dont l'origine lilloise s'affirme, soit par le mot LILLE inscrit au revers, soit par les noms & les armoiries des personnes pour lesquelles elles ont été fabriquées, sans qu'on puiffe les attribuer plutôt à l'une de ces fabriques qu'aux deux autres.

Nous ferons remarquer, tout d'abord, que ce qui rend l'attribution très-difficile, alors qu'il n'exifte ni nom, ni

signature, c'eſt que les divers produits des manufaɛtures
lilloises sont souvent absolument diſſemblables, & que nos
fabricants semblent avoir pris succeſſivement pour modèles
les types de fabrication les plus différents.

Rouen, tout en variant ses procédés de décoration, n'en
a pas moins laiſſé à tous les produits sortis de ses ateliers,
un certain air de famille qui les fait assez facilement reconnaître. Il n'en eſt pas de même chez nous. Si l'aspeɛt, le
poids, la couleur de la terre reſtent toujours à peu près identiques, la qualité de l'émail & la nature du décor varient
à l'infini, comme on peut s'en convaincre en comparant
l'autel de Sèvres, œuvre de Febvrier; la théière du musée
de Cluny, qui porte LILLE inscrit sous le pied; le pot, dit
des Dentellières, signé Dorez, & le plat magnifique que possède, dans sa riche colleɛtion, M. Patrice Salin.

Et pourtant ces quelques types signés, & par là incontestables, que nous venons de citer pour les comparer entre
eux, nous ne les avons choisis que dans les faïences dont le
décor dérive du goût français.

L'embarras & la difficulté augmentent encore, si nous
ajoutons à ces catégories, déjà nombreuses, toutes les pièces
faites à l'imitation des faïences hollandaises, imitations qui,
d'après les affirmations réitérées de nos fabricants, l'on ne
pouvait diſtinguer des originaux.

A défaut donc de règles absolues que nous nous déclarons
incompétent à poser, pour faire reconnaître sûrement les
produits de nos manufaɛtures; nous allons signaler & essayer
de décrire quelques objets qui appartiennent, soit à des
colleɛtions publiques, soit à des cabinets d'amateurs, & qui
pourront servir de point de comparaison pour des produits
dont l'origine eſt douteuse.

Le musée de Cluny renferme deux pièces inconteſtablement
lilloises : La première eſt une théière d'un bel émail, au

décor polychrome, genre rocaille, avec fleurs & oiseaux
formant l'entourage de paysages en camaïeu bleu ; cette pièce
eft signée sous le pied : LILLE, 1768.

Cette théière nous fut signalée par M. Riocreux, alors
qu'elle appartenait encore à M. Leveel, & en nous en
envoyant une aquarelle, M. Riocreux nous écrivait que,
sans la signature, cette faïence eût été inévitablement attri-
buée aux fabriques du midi.

Le second type lillois du musée Cluny eft un pot au couvercle d'étain ; nous ne savons, ne l'ayant point eu dans les
mains, s'il porte une signature sous le pied ; mais l'aspeſt
nous l'avait révélé comme lillois, & notre amour-propre
d'amateur n'a pas été peu flatté, lorsque nous avons trouvé
que les noms inscrits sur une banderolle : JOSEPH PENNEQUIN,
PRESTRE, 1723, appartenaient à un ecclésiaſtique qui figure,
en 1720, au regiſtre d'exemption sur les boissons, comme
prêtre sacriſtain attaché à l'église paroiſfiale de Saint-Étienne
de Lille.

Le fond du pot eft un jaspé violet au manganèse ; sur la
panse, deux cornes d'abondance, en jaune orangé, très-
différentes de la corne rouennaise, d'où s'échappent des
feuilles & des fleurs, circonscrivent un large médaillon dans
lequel eft peint, en camaïeu bleu, un paysage traité avec une
délicateſſe qui rappelle les plus fines peintures des plaques
hollandaises ; sous le médaillon s'étale la banderolle dont le
milieu s'appuie sur une tête d'ange.

Ce pot & cette théière ne sont pas, selon notre appréciation, les seules pièces en faïence lilloise que renferme la
riche colleſtion de l'hôtel Cluny, mais ce sont les seules, à
notre connaiſſance du moins, qui portent leur certificat
d'origine.

Nous ne voulons pas, en auſſi difficile matière, donner
notre appréciation pour des certitudes ; nous nous bornerons

à appeler principalement l'attention sur une soupière forme rocaille, décor polychrome, dont le couvercle eſt orné de champignons en ronde bosse formant bouton, & sur un plat à anses à bords feſtonnés, que nous croyons provenir de nos fabriques.

Mais revenons aux pièces authentiques.

Dans le genre de la théière du musée de Cluny, nous connaiſſons un saladier qui reproduit le même décor; mais au lieu d'être signé LILLE, il porte inscrit, au revers, le mot CAMBRAŸ, ce n'eſt pas un nom de ville comme nous l'avions cru d'abord, mais bien le nom d'un peintre lillois qui travaillait dans l'une de nos manufaſtures.

M. Vanderhelle poſſédait auſſi un large broc d'une contenance d'au moins dix litres, dans le même ſyſtême de décoration, & bien qu'il ne porte pas de signature, son attribution lilloise n'a point paru douteuse au savant conservateur du musée de Sèvres, sous les yeux duquel il a paſſé.

Enfin, M. Patrice Salin vient de nous adreſſer la photographie d'une aſſiette signée au revers du mot LILLE; cette aſſiette, que nous avons fait reproduire avec sa marque (pl. III), rappelle la théière du musée de Cluny; elle eſt peinte avec une délicateſſe charmante, & son émail, d'un blanc laiteux, peut rivaliser avec les émaux les plus réuſſis des fabriques de Mouſtiers; elle porte la date de 1767, poſtérieure de quelques années seulement à la requête de Bouffemart, dans laquelle il annonçait une nouvelle faïence *dont la beauté de l'émail surpasse la porcelaine et la peinture surpassera tout ce qui a paru de plus beau jusqu'aujourd'hui dans tous les genres.*

C'eſt donc à la fabrique de Bouffemart, selon nous, qu'il faut donner toute cette famille de faïences lilloises, au décor rocaille & à l'émail irréprochable. La couronne placée au-deſſus du mot LILLE confirme cette attribution, Bouffemart

FAÏENCE LILLOISE

ASSIETTE DÉCOR POLYCHROME & MARQUE.

FAÏENCE LILLOISE

MUSÉE DE LILLE

CENTRE & BORDURE D'UN PLAT

étant, nous l'avons vu, titulaire de la verrerie royale, qu'il avait fondée à côté de sa faïencerie.

Dans un tout autre genre, M. Patrice Salin poſſède auſſi un magnifique plat, dont le décor, comme celui de l'autel de Sèvres, dérive de l'école rouennaise. Ce plat a figuré, en 1865, à l'exposition *l'Union des Arts*, & il faisait partie en 1867, dans les vitrines de *l'Histoire du Travail*, des Faïences lilloises. Irréprochable de forme & d'émail, ce plat eſt décoré sur les bords & le marly, de riches lambrequins bleus, avec quelques touches jaune-paille & rouge de fer; au milieu des lambrequins s'inscrit un écu surmonté d'un cimier, dont on peut lire ainsi les armoiries : D'or à un soleil de.... en face, accompagné de trois cœurs de même, deux en chef & un en pointe. Le centre du plat, au lieu du décor qui accompagne ordinairement les lambrequins dans les plats de Rouen, eſt orné d'une tige de fraisier, avec fleurs & fruits.

Nous donnons en chromo-lithographie la reproduction de ce décor central copié sur un plat à peu près semblable à celui de M. Patrice Salin (pl. IV).

Cette pièce porte au revers l'inscription LILLE; c'eſt un magnifique spécimen digne des fabriques les plus renommées [1].

Nous avons envoyé auſſi à l'exposition universelle quatre afſiettes représentant, sur un fond d'un riche émail jaune niellé de noir, les trente-deux cartes à jouer, divisées par couleur, huit cartes sur chacune des afſiettes. Le valet de

---

[1] C'est encore le style rouennais qu'on retrouve dans la bordure du magnifique plat de M. Patrice Salin ; son bleu pur, savamment rehaussé de rouge de fer, pourrait rivaliser de richesse avec les plus belles œuvres normandes; le bouquet central seul, presque marseillais de facture, prouve que la fabrique lilloise puisait ses inspirations dans toutes les régions du royaume, sans rien vouloir copier. Signé LILLE, sous le marly, ce plat remarquable doit avoir été produit avant 1729. (A. Jacquemart, *Gazette des Beaux-Arts*. — Septembre 1868.)

trêfle porte au pied cette inscription : LILLE. L'émail de ces
pièces eft auffi remarquable que celui du plat de M. Patrice
Salin ; elles font actuellement partie du musée de Lille.

Nous avons encore fait figurer à l'exposition deux statuettes
émaillées en blanc, sur un socle au violet de manganèse ;
elles représentent Mars & Hercule. Ces statuettes, artifti-
quement modelées, doivent être les maquettes des deux
statues qui décorent à Lille la porte de Paris, arc de triomphe
élevé à Louis XIV, en commémoration de la réunion de
Lille à la France.

Nous disons les maquettes & non la reproduction, car
ces statuettes sont antérieures aux statues, qui ont été exécu-
cutées avec quelques modifications ; ainsi Hercule, dans la
statue du monument, a le bras droit qui porte la massue
rejetée vers l'épaule gauche, au lieu de refter pendant le
long du corps ; le mouvement y a gagné. Quant au dieu
Mars, il a été exécuté conformément à la statuette.

Dans la première édition de cette monographie, nous
disions que, selon nous, le décor à la corne que Rouen a
tant popularisé, avait été imité par nos fabricants ; plus que
jamais nous en sommes certain ; deux pièces authentiques
nous le prouvent. Mais nous devons ajouter que, pour
parler plus exactement, il faut dire le décor à la corne,
sans la corne, comme on a pu le voir sur le pot *du tisserand*,
exposé à Paris. La panse eft occupée par un vafte médaillon
rocaille, dans lequel sont représentés deux ouvriers tifferands
travaillant à leur métier, avec cette inscription :

Charles DELLEMME.

1750.

En dehors du médaillon, le décor consifte en tiges d'œillets

& en rinceaux identiques à ceux de la faïence à la corne; les petites rosaces, les papillons & les insectes qui accompagnent ordinairement ces fleurs, sont pareillement reproduits; seulement ici le décor est entièrement bleu & non polychrome. Le nom de Dellemme, porté par des familles lilloises & qui est aussi celui d'un village des environs de Lille, suffit, sans même tenir compte des déclarations concordantes des personnes de qui nous tenons cette pièce, pour établir son origine lilloise.

Dans un autre plat que nous possédons, plat de plus de 40 centimètres de diamètre & qui reproduit à tel point la forme & la dimension du plat de M. Patrice Salin, qu'il doit provenir, sinon du même moule, du moins d'un moule identique, le décor est polychrome, seulement au lieu de saillir de cornes d'abondance, les rinceaux d'œillets émergent d'une terrasse & d'une manière de rocher au violet de manganèse. Disons aussi que cette décoration n'occupe que le fond du plat jusqu'au marly, & que le bord festonné est décoré d'un ornement symétrique en jaune, bleu, vert & rouge, qui rappelle de très-près le décor des assiettes au flambeau & au carquois, décor que nos faïenciers ont également imité, car nous l'avons trouvé sur la pâte jaunâtre qui est un des caractères distinctifs de nos faïences.

Enfin, comme principes généraux, nous devons ajouter que la terre de nos faïences indigènes n'est pas rouge comme dans le Rouen, mais jaunâtre comme la terre des faïences de Delft, qui, ainsi que Lille, s'approvisionnait d'argile aux environs de Tournai.

Quant à l'émail lillois, il est généralement épais & d'un beau blanc laiteux qui rappelle l'aspect de la pâte tendre; il présente rarement les craquelures si communes sur le Rouen. Dans les pièces décorées en camaïeu bleu, le trait est moins sec & moins précis que dans les beaux produits des usines

16

normandes, & la régularité du décor eft parfois détruite par
le coulage de l'émail.

Disons encore que, aux lambrequins de Rouen, Lille ajoute
presque toujours des guirlandes, & que dans les pièces
polychromes, on remarque l'emploi très-fréquent du manganèse, d'un vert-olive & d'un jaune-paille très-réuffis tous
les deux; tandis que les rouges sont affez souvent incom-
plètement recouverts par l'émail; enfin, dans le milieu des
plats, la feuille & la fleur du fraisier sont le motif décoratif
le plus souvent répété.

Nous ajouterons que la fleur de lys, non pas au revers
des pièces comme marque de fabrique, mais comme motif de
décoration, soit dans le centre des plats ou à l'angle des
carreaux, soit en relief ou découpée à jour sur le haut des
fontaines ou des pots, eft auffi un des signes diftinctifs de la
fabrication lilloise, car jusqu'à la Révolution, la ville de Lille
portait : de gueules à la fleur de lys d'argent, & dans le
langage populaire, la fleur de lys s'appelait généralement la
fleur de Lille.

Au XVIIIᵉ siècle, les fabricants de tapis de haute-liffe
qui, comme les faïenciers, s'étaient établis avec des subsides
municipaux, non-seulement signaient leurs tapis de leur
nom, mais encore les marquaient des armes de la ville.

Les Pennemaker, les G. Werniers, les F. Bouché, qui ont
laiffé de si magnifiques tapifferies dans le genre des Gobelins,
tiffaient tous ces armes au bas de leurs œuvres & à côté de
leurs noms.

Quant aux faïences au décor chinois & japonais, en imitation de Delft, toutes les requêtes citées, l'inventaire même
de Fauquet, conftatent leur exiftence, sans que nous puiffions
en donner d'autres preuves que les affirmations de nos fabricants. Nous sommes même venu à nous demander, en
comparant certaines pâtes, certains décors, si ce n'eft point

dans le but de vendre leurs produits comme des produits hollandais, que Febvrier, Bouffemart & ses confrères, avaient évité d'adopter une marque de fabrique spéciale; & s'ils n'avaient même pas pouffé *l'exactitude* de l'imitation jusqu'à copier les marques de leurs modèles étrangers. Selon nous, & pour les affiettes, par exemple, la différence doit surtout confifter dans la forme. L'affiette de Delft eft à bords si étroits & le marly eft si peu accusé, que le revers décrit sans dépreffion aucune un arc de cercle; l'affiette lilloise a le bord plus large, & le marly plus creusé s'accuse à l'envers; la terre lilloise, moins légère que celle de Delft, eft moins lourde qu'à Rouen.

Certains carreaux de faïence, inconteftablement lillois & qui n'ont pas quitté les parois où ils ont été posés, imitent si servilement les carreaux hollandais, que notre supposition nous paraît très-fondée; disons encore qu'à défaut de marque de fabrique, les armoiries & les noms inscrits sur un grand nombre de pièces, pourront servir à rétablir de fausses attributions, & si un jour quelque patient chercheur dreffe la lifte des faïences armoriées, nous y verrons figurer les armoiries des gouverneurs, des intendants & des hauts personnages dont nos faïenciers ont eu à solliciter la proteðion, inscrites sur des faïences provenant de nos fabriques; comme nous avons trouvé, sur des pots à bière, les noms de certains artisans de notre ville, accompagnant des écuffons où ils étaient peints dans l'exercice de leur profeffion.

La faðure des vases fournis au duc de Boufflers, le plat de M. Patrice Salin, que nous ne connaiffions pas en 1863, sont venus nous prouver ce que nous preffentions, sans pouvoir l'affirmer alors, que les fabriques lilloises, dont l'importance induftrielle était si considérable, avaient, à la belle époque de la faïence, produit des pièces remarquables comme fabrication & comme décor.

Dans la première édition de ce livre, nous avons dit que l'on pourrait peut-être attribuer à Lille la marque :

qui avait été jusqu'alors, & sans preuve, donnée à une usine des environs de Strasbourg.

Nous signalions à l'appui de cette attribution hypothétique le grand nombre de faïences portant ce sigle, que l'on trouvait dans notre pays.

Nous disions : « Cette attribution à une usine de l'Eſt n'a
» été faite qu'en raison de certains rouges pourpres que
» l'on trouve sur des faïences signées ainsi (on sait que
» l'abondance & la pureté des rouges d'or eſt un signe
» diſtinctif de la faïence d'Hannong); mais nous avons ren-
» contré la marque en queſtion sur des pièces d'un décor
» tout-à-fait différent de celui usité par les usines de l'Eſt;
» souvent les faïences qui portent cette marque sont ornées
» de blanc de rehaut, auxquels s'ajoutent, sur les pièces
» communes, une ornementation en bleu & des peintures
» polychromes traitées avec goût sur les objets de choix.

» Nous citerons, dans ce genre, de jolies affiettes à l'émail
» violacé, dont les bords sont ornés d'un deſſin de dentelle
» formé par des blancs de rehaut, avec réserves, dans les-
» quelles sont peintes des fleurs; au centre des affiettes sont
» reproduits différents petits sujets, tels que : la jardinière,
» la laitière, le marchand d'oublis, etc., etc., & ces objets
» rappellent aſſez exactement la manière & le deſſin de
» Louis Watteau, le peintre lillois.

» Nous avons encore trouvé cette marque sur des faïences

» très-fines, très-légères & décorées de fleurs & d'animaux
» sur terraffe, peints avec une exquise délicateffe ; nous
» l'avons vue sur un bénitier orné de têtes d'anges & de
» guirlandes de fleurs en relief ; elle nous a frappé enfin , &
» ceci eft décisif en faveur des usines du Nord , sur des
» affiettes au décor bleu , qu'à première vue , & sans hési-
» tation , tout amateur eût attribuées à Delft.

» La forme & la décoration de ces affiettes , servilement
» copiées sur des modèles japonais , démontrent avec quelle
» perfeftion la fabrique française qui les a signées imitait
» les belles faïences hollandaises , & nous nous sommes
» demandé si parmi les usines françaises , il en exiftait une
» qui puisse , avec autant de droits que les manufaftures de
» Lille , réclamer ces imitations.

» Il faut même , pour pouvoir s'expliquer comment cette
» marque exifte sur des faïences de nature si différente ,
» tenir compte de la double influence que nous avons déjà
» signalée & qui faisait imiter à la fois par les usines lilloises,
» les faïences françaises & les produits étrangers »

Depuis que ceci fut écrit , M. Lejael , de Valenciennes , a
retrouvé l'origine de ces faïences & a donné , avec preuves
à l'appui[1], à l'usine de Fauquet de Saint-Amand , la marque
conteftée.

M. Riocreux & moi ne nous étions pas trompés de beaucoup , lui , en attribuant cette marque à la fabrique de Preu-
d'homme , à Aire , moi , en la réclamant pour Lille , car c'eft
bien d'une usine du Nord que sont sortis ces produits.

Pendant l'époque de la Révolution , nos fabriques lilloises,
comme toutes les faïenceries françaises , fabriquèrent ce que

---

(1) *Recherches historiques sur les manufactures de faïences et de porcelaine de l'arrondissement de Valenciennes* , par le docteur Alfred Lejeol. — Valenciennes , 1868.

M. Champfleury appelle les faïences patriotiques, Nous réclamons en leur nom une pièce qu'il cite comme exceptionnelle dans le chapitre consacré aux fabriques diverses. [1]

« Je signale entre autres, dit-il, un grand broc repré-
» sentant un haut dignitaire de l'église, entre un noble &
» un bourgeois, les figures encadrées dans un cartouche
» de la panse, qui n'ont pas moins de neuf centimètres de
» haut, sont traitées par un pinceau habile, non sans rapport
» avec le crayon de Watteau, de Lille, un artifte qui prit à
» cœur de représenter les mœurs locales du Nord sous la
» Révolution. Au-deffus de la symbolisation du *Tiers*, dans
» un cordon tricolore, on lit : VIVE LA NATION; inscription
» surmontée d'une grande couronne royale. Guirlande,
» feuillage & fleurettes se preffent autour du deffin & de
» l'inscription.
» Le pot, ajoute-t-il, d'une belle forme élancée, a dû
» être exécuté pour quelque personnage important; à quelle
» fabrique du Nord appartient-il ? ›

Nous répondrons au spirituel hiftorien des faïences patrio-
tiques, que cette pièce n'eft pas auffi exceptionnelle qu'il le pense; nous l'avons rencontrée cinq ou six fois à Lille, & nous n'hésitons pas à la donner, avec la tradition locale, à nos fabriques lilloises.

Le siége si glorieux de 1792 a auffi laiffé quelques souvenirs sur la céramique. Ce sont principalement des pots de la forme de celui du Tiers-État, représentant un canonnier lillois mettant bravement le feu à son canon, avec ce cri : VIVE SAINTE-BARBE.

Mais une fois arrivé aux dernières années du siècle, les

---

(1) *Hiftoire des Faïences patriotiques.* — Paris, Dentu, 1867, page 344.

faïences ont peu à peu perdu tout caraĉtère artiﬅique. Si quelque pièce eﬅ exceptionnellement décorée avec soin, les traditions se sont altérées dans l'œuvre générale; le goût public eﬅ au nouveau produit. La porcelaine pénètre dans les plus modeﬅes ménages & détrône la faïence, à laquelle le besoin de produire à bon marché a fait perdre ce qui faisait précisément son charme : la beauté de l'émail & l'aspeĉt décoratif qu'elle poﬀédait pourtant à un plus haut degré que son heureuse rivale.

PORCELAINE.

MANUFACTURE ROYALE.

LEPERRE-DUROT.

1784.

N CHERCHANT à imiter la porcelaine de Chine, qui faisait l'admiration & l'envie de tous les céramiftes, la France, vers la fin du XVII⁰ siècle, avait, par un laborieux hasard, trouvé la *pâte tendre*, produit charmant que Lille fabriqua bientôt après Saint-Cloud & que la manufaâture royale de Sèvres amena plus tard à une perfeâion telle qu'il reftera une des produâions les plus recherchées de l'art gracieux du XVIII⁰ siècle.

Mais quand, vers 1770, la manufaâture de Sèvres eut établi dans ses ateliers la fabrication de la pâte dure qui, depuis

cinquante ans, faisait la gloire de la Saxe & des fabriques
d'Outre-Rhin, de tous côtés, une fois le secret tant cherché
connu & vulgarisé, s'élevèrent des usines qui, pour pouvoir
lutter contre les priviléges que l'établiffement royal avait fait
édicter en sa faveur, recherchèrent à l'envie le patronage
néceffaire & tout puiffant des membres de la famille royale.
C'eft ainsi qu'à Paris & dans ses environs, on vit s'établir la
manufaĉure de Monsieur, frère du Roi; celle de Charles-
Philippe, comte d'Artois; celles du duc d'Angoulême, du
duc d'Orléans, enfin celle de Marie-Antoinette, dont les
produits sont encore connus sous la désignation de Porcelaine.
à la Reine.

Lille prit sa part dans ce mouvement, &, en 1784, Leperre-
Durot y établit une manufaĉure qu'il obtint de placer sous
le haut patronage de Monseigneur le Dauphin, avec le titre
de manufaĉure royale.

Quelques mois après l'édit d'autorisation de cette fabrique
lilloise (édit qui porte la date du 13 janvier 1784), le 26 mai
de la même année, le Roi, par un nouvel arrêt du Conseil
d'État, renouvela les priviléges accordés à la manufaĉure
royale de Sèvres par l'arrêt de 1766, tout en accordant aux
usines rivales un peu plus de liberté pour la fabrication & la
décoration des porcelaines de luxe.

En 1787 parut un nouvel édit sur la même matière, qui
interdisait aux fabriques du royaume de fabriquer aucun des
objets réservés à la manufaĉure royale, sans une permiffion
spéciale :

Défense expresse de fabriquer aucuns ouvrages à fonds d'or, ni
aucuns ouvrages de grand luxe, tels que : les tableaux de porcelaine,
soit vases, figures & groupes excédant dix-huit pouces de hauteur,
socle non compris.

. . . .

Fait également défense, Sa Majefté, de peindre & décorer aucunes marchandises blanches provenant de la manufacture de France, & de contrefaire ou altérer les marques dont elles auraient été revêtues.

On n'avait pas, paraît-il, attendu jusqu'à nos jours pour tendre des pièges aux amateurs, & les deux L royales que l'on inscrit impudemment aujourd'hui au-dessous de porcelaines sans valeur, n'avaient point été, même au siècle dernier, respectées par la contrefaçon.

Mais revenons à notre client, Leperre-Durot ; voici l'arrêt royal qui le concerne :

Sur la requête présentée au Roi, en son Conseil, par le sieur Leperre-Durot, négociant à Lille, contenant qu'il s'eft appliqué depuis sa jeuneffe à la fabrication des poteries communes, terre de grès, faïences & même de la plus fine porcelaine ; il n'a pas borné son activité & son induftrie aux seuls moyens de donner à ses ouvrages la perfection convenable ; considérant les frais immenses qu'entraîne la consommation du bois employé dans les manufactures de ce genre, le suppliant a cru devoir se rendre utile à ses concitoyens par un procédé économique qui ne nuisit pas à la qualité de la pâte ; il eft parvenu, après des expériences auffi multipliées qu'infructueuses, à subftituer à l'usage du bois, celui de la houille ou du charbon de terre ; il a réuffi à en tirer des avantages qu'on n'a pu jusqu'à présent se procurer qu'à grands frais, vu la rareté du bois.

Le suppliant, encouragé par les succès, se propose d'établir à Lille une manufacture de porcelaine fine & de poteries communes ; il a fait, en conséquence, l'acquisition d'un terrain propre à l'exploitation de cet établiffement ; le suppliant croit devoir exposer à Sa Majefté que l'usage du charbon diminuera considérablement les frais de cuiffon, procurera aux produits de sa manufacture un débit affuré & empêchera l'introduction frauduleuse des porcelaines étrangères. Les consommateurs de Flandre, trouvant à leur proximité & à bon compte les objets qu'ils se procuraient ci-devant dans les Pays-Bas autrichiens & particulièrement à Tournay, ne verseront plus un numéraire considérable chez l'étranger pour des marchandises de ce genre ; à ces considérations, le suppliant en joindra une qui ne paraîtra pas moins frappante : la consommation énorme de bois qui se fait dans les fabriques de porcelaine n'ayant plus lieu, cette denrée importante, dont on se croit à la veille de manquer, deviendra moins rare, & c'eſt ainsi que l'induſtrie du sieur Leperre tournera doublement au profit de la province & de l'État.

A ces causes requérait le suppliant qu'il plut à Sa Majeſté autoriser la manufaĉture de porcelaine & de faïence qu'il se propose d'établir à Lille, lui permettre de mettre sur la principale porte de cet établissement les armes de Sa Majeſté, avec cette inscription : Manufacture royale; lui accorder l'exemption de tous droits d'entrée sur les matières premières qu'il tirera de l'étranger pour l'usage de la fabrique; autoriser le Magiſtrat de Lille à exempter des oĉtrois municipaux tout ce qui sera néceſſaire à la consommation de la dite fabrique;

Vu la dite requête;

Vu pareillement l'avis de l'Intendant & Commiſſaire départi dans les provinces de Flandre & d'Artois;

Ouï le rapport du sieur De Calonne, conseiller ordinaire au Conseil royal, Contrôleur-Général des finances;

Le Roi, en son Conseil, a permis & permet au sieur Leperre d'établir dans la ville de Lille une manufaĉture de porcelaine, de poteries & de faïences communes;

Ordonne qu'il jouira, pendant l'espace de quinze années, de l'exemption de tous droits sur les matières premières qu'il sera obligé de tirer de l'étranger pour alimenter la dite fabrique, à la charge par lui de juſtifier que toutes les dites matières seront pour son compte & qu'elles seront deſtinées à être employées en totalité pour l'usage de sa fabrique;

Enjoint, Sa Majeſté, au sieur Intendant & Commiſſaire départi en la généralité de Flandre, de tenir la main à l'exécution du présent arrêt.

Fait au Conseil d'État du Roi, tenu à Versailles le 13 janvier 1784.

Signé : HUGUES DE MONTARAN et collationné.

Charles-François-Hyacinthe Esmangard, chevalier, seigneur des Bordes, Feyues, Pierrerue & autres lieux, conseiller du Roi en ses

Conseils, maître des requêtes honoraire de son hôtel, intendant de justice, police & finances, en Flandre & Artois;

Vu le présent arrêt, en date du 13 janvier dernier,

Nous ordonnons que ledit arrêt sera exécuté selon sa forme & teneur.

Le 19 février 1784.

Signé : ESMANGARD.

Fort de l'autorisation royale, Leperre adreffa au Magiftrat, en mai 1784, une première requête, dans laquelle, s'appuyant sur les mêmes motifs qu'il avait fait valoir devant le Conseil d'État, il follicitait diverses faveurs & l'exemption des droits sur les charbons. Cette demande fut favorablement accueillie, ainsi que cela résulte de l'apoftille suivante enregiftrée au bas de la requête [1] :

Vu la présente requête & pièces jointes, l'avis du procureur syndic & tout considéré, nous déclarons que, par prévision & pendant un an seulement, après lequel tems cet objet sera pris en considération sur un nouveau rapport qui en sera fait, le suppliant jouira de l'exemption des droits dus à cette ville pour le charbon qu'il emploiera dans la fabrique, & qu'il pourra employer ses ouvriers, soit aux ouvrages de sculpture & de peinture, soit à ceux de maison, charpentiers, serruriers, maréchaux, néceffaires à l'entretien de ses fours & autres uftensiles de la dite fabrique, sans pouvoir être inquiété par les corps dont ces différents ouvrages pourraient dépendre.

Fait en conclave, le 17 avril 1784.

Le mois de mai suivant, nouvelle requête de Leperre; cette fois, c'eft une avance de 30,000 florins, remboursable par quart & sans intérêt, de trois en trois ans, qu'il follicite.

---

(1) Regiftre aux Résolutions 64 *bis* et 64 *ter*.

Il fait valoir, à l'appui de sa demande, les dépenses considérables que l'établiffement de la manufacture lui a occasionnées & il produit, en outre, la note suivante :

Achat de terrain & dédommagement à différents occupeurs. . . . . 30,981 fl.

Achat de terres reçues & payées 20,292

Bâtiffe des fours, ateliers & mouffles, compris les briques & tuiles venant de Bourgogne 25,215

Pour les modèles des services de vaisselle & moules des figures des premiers artiftes 20,096

Moulins à broyer. 1,852

Ensemble. . . . . . 98,436 fl.

NOTA. — Là-deffus ne sont pas compris les achats de charbon, les avances faites aux ouvriers & le paiement de leurs ouvrages faits jusqu'à ce jour, achat des rayons & planches de sapins, l'or, l'argent & les couleurs venant de Paris & de l'étranger, qui se payent comptant, & le plâtre venant de Montmartre, etc., etc.

Le Magiftrat demanda l'avis du procureur-syndic, qui conclut ainsi :

Une entreprise de cette nature mérite vos bontés & votre protection, & doit d'autant plus être encouragée qu'elle excite la jalousie de nos voisins; mais rien ne sera plus capable de l'accréditer, tant en cette ville que chez les voisins, que les faveurs que vous croirez devoir lui accorder; elles feront connaître au public que vous êtes sûr de la solidité & de la perfection de cet établiffement.

Des motifs semblables du bien public & d'accroiffement des manufactures, vous ont déterminés à accorder au sieur Durot (1) une

_____

(1) Beau-père du sieur Leperre, qui avait établi à Lille, en 1765, une fabrique de toiles peintes.

somme de 12,000 livres tournois & une somme de 500 florins, pendant douze ans, pour tenir lieu de logement.

La manufacture du suppliant étant nouvelle & absolument inconnue
en cette province, sollicite au moins les mêmes avantages, parce
qu'elle exige une mise considérable dans son principe.

C'est pourquoi, Messieurs, je requiers qu'il soit résolu d'accorder
au suppliant 12,000 livres tournois, à charge que si cet établissement
venait à cesser avant douze ans, par quelqu'évènement que ce soit,
sauf par incendie ou par accident du ciel, le dit suppliant, ses héritiers & ayant-cause seraient tenus de rendre & de restituer à cette ville
la somme qui lui aura été prêtée, à charge par lui de renoncer à tous
autres exemptions sur les boissons & autres denrées de consommation,
vous réservant de statuer sur la consommation & exemption des
charbons de houille.

Du CHATEAU de VILLERMONT.

L'avis du procureur fut adopté, & l'avance de 12,000
florins fut réalisée contre un engagement solidaire signé par
Leperre & sa femme, Julie Durot, de restituer ladite somme
si la manufacture cessait de travailler avant le terme de
douze années.

A cette époque, c'est-à-dire quatre mois après l'autorisation royale, la manufacture était déjà en pleine activité;
nous en trouvons la preuve dans le procès-verbal que nous
citons ci-après : [1]

L'an 1784, le 4 du mois de juin, vers six heures du soir, nous,
commissaires soussignés, députés par Messieurs du Magistrat de la
ville de Lille, à la réquisition du sieur Leperre-Durot, entrepreneur
d'une manufacture de porcelaine, nous sommes rendus dans la dite
manufacture, située place des Carmes, à l'entrée de la rue du Pont-

---

(1) Affaires générales, carton 1158.

à-Raisnes, où étant, le sieur Leperre nous introduisit dans un emplacement de sa maison où était conftruit un four en briques, en forme de tour, avec quatre bouches, fermant à portes de fer, lequel était rempli de différentes pièces de porcelaine en biscuit, qu'il se proposait de cuire avec de la houille, moyen qui jusqu'à présent n'avait point encore été pratiqué & qui lui avait été indiqué par le sieur Michel Vannier, son affocié, natif d'Orléans, demeurant actuellement en cette ville. Après quelques préparatifs, la houille étant bien allumée dans les bouches du four, nous nous sommes retirés ; de quoi nous avons tenu le présent procès-verbal, pour servir ainsi qu'il appartiendra, les jour, mois & an que deffus.

L'an 1784, le 11 du dit mois, nous commiffaires souffignés, ayant été avertis par le sieur Leperre-Durot que la porcelaine que contenait le four auquel nous avons vu mettre le feu le 4 de ce mois, était cuite, qu'il se proposait de la défourner & qu'il nous invitait à être présents à cette opération, nous nous rendîmes à trois heures de relevée vers le dit four, où étant, nous avons vu retirer les pièces dont le détail & la quantité sont repris dans l'état ci-joint au procès-verbal ; lesquelles pièces nous ont paru d'une blancheur égale à celle de la porcelaine cuite avec du bois.

En foi de quoi nous avons tenu le présent procès-verbal, pour servir ainsi qu'il appartiendra, les jour, mois & an que deffus.

Signé : De DRUEZ et DERODE.

Ce procès-verbal aurait pu être plus explicite & surtout plus technique, & son optimisme sans réserve pourrait peut-être faire accuser de complaisance les signataires, si les porcelaines de Leperre ne témoignaient hautement par elles-mêmes de la réuffite de ses procédés de cuiffon. Il indique en même temps quelle importance le Magiftrat attachait à cette expérimentation de l'emploi de la houille pour la cuiffon des porcelaines. Par des primes accordées aux faïenciers, il les engagea auffi à faire de semblables effais ; son but était

d'empêcher le renchériffement du bois dont ces usines faisaient une grande consommation.

Nous joignons au procès-verbal l'etat y relaté :

État des pièces de porcelaine cuites dans le grand four
de la manufacture du sieur Leperre-Durot
et défournées le 11 juin 1784.

Affiettes	117
Brocs	114
Grands bols	10
Bols moyens	14
Cocquiers *(sic)*	156
Compotiers	12
Caffetières	54
Cafferolles	5
Déjeuners à la Reine	103
Écuelles	19
Grandes écuelles	2
Gobelets, façon d'argent?	3
Glacières	10
Jatte	1
Lampe de nuit	1
Moutardiers	19
Plateaux d'écuelles	6
Plats	7
Plat à raves	1
Plateaux d'aiguières	2
Pots à crême	6
Pots à l'eau	27
Pots de chambre	3
Pots à jus	83
Pots à sucre	4
Sous-coupes	548
Sucriers	25
Sceaux	4

Saucier	1
Sucriers de table & leur plateau. . .	22
Taffes.	700
Théières.	81
Grandes théières	6
Terrines.	8
Petites bouillottes.	70
Bouillottes moyennes	10
Grandes figures	5
Figures moyennes.	11
Petites figures. . . . . : .	22
Groupes.	11
Grandes urnes	3
Moyennes urnes.	4
Petites urnes.	49

Ensemble 2,259

Au mois de mars 1785, par l'entremise de M. Esmangard, intendant de Flandre, Leperre sollicita de nouvelles faveurs de la ville de Lille & des États de Flandre ; il demandait une nouvelle indemnité de 24,000 livres, pour prix de la découverte, & 4,000 livres à titre de prêt sans intérêts. M. Esmangard transmit la demande à qui de droit, mais le Magiſtrat répondit qu'en donnant quittance des 12,000 livres que la ville lui avait oſtroyées, Leperre avait renoncé à toute sollicitation nouvelle, & il ajoutait que, du reſte, M. l'intendant connaiſſait l'état des finances de la ville & les grandes dépenses dont elle était déjà chargée.

Dans sa première requête au Roi, Leperre, on s'en souvient, demandait le titre de manufaƈture royale. L'arrêt de janvier 1784, que nous avons reproduit, eſt muet sur ce point ; mais dans une lettre en date du 30 juillet, après que Leperre eut par la beauté de ses produits fait conſtater la

réuſſite complète de son procédé de cuiſſon à la houille,
M. Esmangard écrit à Meſſieurs du Magiſtrat :

M. le contrôleur-général m'a mandé, Meſſieurs, que Monseigneur
le Dauphin avait bien voulu agréer que le sieur Leperre mit au-deſſus
de la principale porte de la maison où il a établi une fabrique de
porcelaine, une inscription portant le titre de : MANUFACTURE ROYALE
DE MONSEIGNEUR LE DAUPHIN; en conséquence, j'ai fait dire à ce
fabricant qu'il pourrait décorer, quand il le voudrait, sa manufacture
de cette inscription. J'ai cru devoir vous en informer, afin de vous
faire connaître la protection que le Gouvernement paraît vouloir
accorder à cet établiſſement ; je vous prie de donner des ordres pour
que le sieur Leperre jouiſſe sans obſtacle de la faveur qu'il vient
d'obtenir.

Nous le répétons, c'était la complète réuſſite de son procédé pour la cuiſſon à la houille qu'on récompensait chez
Leperre-Durot.

Des eſſais analogues avaient eu lieu à Paris, dans la
fabrique du comte d'Artois, mais ils n'avaient qu'impar-
faitement réuſſi ; on en trouve la preuve dans ce fait cité par
MM. Jacquemart & Leblan : que ce fut Leperre-Durot que
M. De Calonne appela à Paris, au commencement de
l'année 1786, pour y faire publiquement, « non des expériences, mais des démonſtrations officielles de la cuiſſon à
la houille. » Des rivalités & des jalousies de confrères
empêchèrent que les expériences aboutiſſent.

Nous avons trouvé, dit M. Jacquemart, une note du
18 janvier 1786 qui autorise Leperre à venir à Paris, accompagné des ouvriers néceſſaires, pour y faire non des expériences, mais des démonſtrations officielles de la cuiſſon à
la houille. « Si M. De Calonne, continue-t-il, consentit à
payer les frais de ces expériences coûteuses, c'eſt qu'il recon-
naiſſait la qualité irréprochable des porcelaines lilloises &

le talent supérieur du fabricant, autrement il se fut adreffé
à Bourdon-Desplanches, direêteur de l'usine du comte
d'Artois, dont les épreuves lui paraiffaient pourtant dignes
d'encouragement. »

Puis M. Jacquemart ajoute dans une note :

« Les pièces relatives à ces expérimentations prouvent
combien il eft difficile de faire accepter un progrès ; les por-
celainiers de Paris semblent avoir pris à tâche de fournir des
pièces peu aptes à résifter au feu ; leur pâte eft molle, dit
Leperre, incapable de supporter la cuiffon sans de nombreux
supports, tandis que celle de Lille eft tellement résiftante
qu'elle se paffe de soutiens ; les taffes avariées de Lille servent
même aux orfèvres de la ville pour remplacer les creusets
dans la fonte de l'or. »

» A la sortie du four, nouvelles difficultés ; les pièces
étaient toutes déclarées de seconde & de troisième qualité
par leurs propriétaires, qui avouaient naïvement ne vouloir
pas en laiffer claffer dans le premier choix. Bref, les expériences n'aboutirent à rien, chacun reprit sa cuite au bois,
& l'usage de la houille, dans les usines de porcelaines, se
trouva ajourné à un demi-siècle. »

L'État, du refte, ne fut pas dupe du mauvais vouloir des
concurrents de Leperre, on le verra plus loin.

Mais pendant que celui-ci luttait à Paris, non seulement
pour l'expérimentation de sa découverte, mais pour obtenir
les dédommagements & les juftes indemnités qui lui étaient
dus, sa femme, laiffée à la tête de la manufaêture, avait à
faire face à des difficultés d'argent. Le colleêteur des impôts
lui avait fait sommation d'avoir à payer les termes arriérés
de ses impositions, à péril d'exécution ; elle écrivit au
Magiftrat, en mai 1788, pour obtenir un sursis ; elle faisait

valoir : « Que le sieur Leperre avait été appelé à Paris par ordre du Gouvernement, pour y conſtruire des fours semblables à celui de sa manufaĉure, qu'il n'a point encore terminé les affaires qui l'y retiennent, il n'a pu encore obtenir du Gouvernement la récompense qui lui eſt promise & qui lui eſt due à si juſte titre. On lui fait espérer une prompte décision & la suppliante l'attend pour satisfaire à ses engagements. »

Le procureur-syndic conclut favorablement :

On m'aſſure, dit-il, que M. l'Intendant a donné depuis quelque tems un avis favorable sur la demande formée par le mari de la suppliante, afin d'obtenir du Gouvernement un secours aſſez considérable pour maintenir sa manufaĉure contre les efforts que font les entrepreneurs de pareilles manufaĉures pour l'anéantir ; dans ces circonstances, je ne crois pas devoir vous engager à rejeter la demande, d'autant qu'elle ne pourrait remplir son obligation, sans arrêter le cours des paiements à faire tous les jours, soit pour salaire d'ouvriers, soit pour l'achat des marchandises ou matières premières néceſſaires à l'alimentation de la fabrique.

Le Magiſtrat accorda ce nouveau délai, mais les efforts de l'inventeur, comme presque toujours viĉime de son invention ; la bonne volonté même de ses puiſſants protecteurs, ne purent facilement obtenir ce qui lui était dû. Nous trouvons une preuve navrante de la longue inutilité de ses sollicitations, dans une lettre originale du duc d'Harcourt, qui nous a été communiquée par un amateur d'autographes. Cette lettre eſt adreſſée à M. Esmangard, intendant de Flandre, protecteur de Leperre :

Meudon, 2 juillet 1788.

D'après ce que vous m'avez fait l'honneur de me dire, Monsieur, sur l'affaire du sieur Leperre, dont vous avez trouvé la réclamation juſte, je me suis intéreffé auprès de M. le contrôleur-général, pour lui en faire accorder l'objet; mais ce miniftre, par sa lettre du 16 du mois dernier, m'annonce que les circonftances actuelles ne permettent pas de porter à une plus forte somme que celle qu'il a obtenue, l'indemnité qui a été réglée à 2,400 florins. M. Lambert ajoute qu'il serait à désirer qu'on pût trouver d'autres moyens de venir à son secours, & il a dû vous écrire en conséquence.

Vous connaiffez comme moi, Monsieur, la position cruelle de cet entrepreneur & l'importance de la découverte qu'on lui doit, de cuire la porcelaine au charbon de terre. Par votre avis ci-joint, daté du mois d'octobre 1786, vous avez eftimé que les dépenses occasionnées par l'effai qu'il eft venu faire à Paris, & les pertes qu'il a nécessairement éprouvées par l'abandon de sa manufacture, ne sont pas trop évaluées à moins de 48,000 livres, & vous avez demandé d'être chargé, par M. le contrôleur-général, de lui faire donner, pendant deux ou trois ans, une gratification de 3 à 4,000 livres sur le produit des petites affennes.

Vous sentez que comme il n'a obtenu que 2,400 florins pour toute indemnité, il lui serait absolument impoffible de remettre sa manufacture en activité, si vous ne veniez pas à son secours; je réclame avec inftance vos bontés pour lui & vous demande de lui procurer, sur les petites affennes, 4,000 livres de gratification pendant douze ans, ce qui fera au total la somme de 48,000 livres que vous avez jugé lui être due seulement pour dédommagement, sans compter les peines & soins qu'il s'eft donné pour suivre une opération qui l'a ruiné, au point que je sais que le peu d'effets qui lui reftent sont au mont-de-piété; ce qui n'eft pas étonnant, puisqu'il n'a aucune autre reffource pour vivre, depuis près de deux ans qu'il sollicite le remboursement des dépenses qu'il a faites par ordre du Gouvernement.

Je remets entre vos mains, Monsieur, les intérêts de ce malheureux, & suis persuadé que votre humanité le tirera de la misère où il eft réduit, en le mettant à portée de rétablir sa manufacture, sinon sur le premier pied, du moins de manière à faire espérer que par la suite elle retrouvera l'activité qu'elle avait à l'époque du déplacement de son chef.

J'ai l'honneur d'être, avec un sincère attachement, Monsieur,

Votre très-humble & très-obéiffant serviteur.

Signé : Le Duc de HARCOURT.

Une pièce que nous avons trouvée tout récemment dans les archives que M. Gentil-Descamps a léguées à la ville, nous apprend que ces dernières démarches eurent enfin un résultat. C'eft une lettre signée Dufresne, datée du 23 décembre 1788, qui annonce l'envoi de l'expédition d'un arrêt du Conseil relatif à Leperre. Nous avons été affez heureux pour trouver cet arrêt aux archives du département[1]; en voici la teneur :

Extrait des Registres du Conseil d'État.

Le Roi, informé que le sieur Leperre, négociant & entrepreneur d'une manufacture de porcelaine établie à Lille, avait été appelé à Paris en 1786, pour conftruire des fours de son invention & propres à cuire la porcelaine avec le charbon de terre; qu'il y avait procédé sous les yeux des commiffaires nommés à cet effet, à différentes expériences *qui avaient réussi;* que son déplacement avec les principaux ouvriers de sa manufacture & le long séjour qu'il avait été obligé de faire à Paris lui avaient occasionné des frais & des pertes considérables, & que, dans ces circonftances, il était de la bonté de Sa Majefté d'accorder au dit Leperre une indemnité, par forme d'encouragement, pour le mettre en état de continuer avec succès les travaux de sa manufacture ;

A quoi voulant pourvoir ;

Ouï le rapport ;

Le Roi, étant en son Conseil, a ordonné & ordonne qu'il sera paié au sieur Leperre, sur le produit excédant des petites affennes de la ville de Lille, une gratification annuelle de 4,000 livres pendant douze années, à compter du 1er janvier de la présente année, sous la condition expreffe qu'il tiendra en activité la manufacture de porcelaines établie en la dite ville, & indépendamment des 2,000 livres précédemment accordées au dit Leperre par arrêt du Conseil du

(1) Petites assennes N° 18, dossier N° 8.

20 décembre 1785, & dont il doit jouir encore pendant trois ans ;
ordonne que le présent arrêt sera enregiftré au bureau des finances,
& enjoint au sieur intendant & commiffaire de tenir la main à son
exécution.

Fait au Conseil d'État du Roi, Sa Majefté y étant, tenu à Versailles
le 5 décembre 1788.

Signé : PUYSEGUR.

C'était en réalité, avec les 10,000 livres concédées par
l'arrêt de 1785, 60,000 livres que l'État accordait à Leperre
par annuités, en récompense de son invention ; nous nous
sommes reporté aux comptes des assennes, & dans les trois
dernières années, nous avons conflaté le paiement des
4,000 livres. On appelait affennes les comptes des revenus
du domaine royal donnés à la ville, en gage des différentes
sommes empruntées par le Roi sur le crédit de la ville ; ces
revenus domaniaux étant plus que suffisans pour acquitter
les rentes auxquelles ils étaient affeêtés, le surplus chaque
année faisait retour au Roi.

Mais la Révolution enleva à Leperre cette reffource qu'il
avait eu tant de peine à obtenir, & c'est alors qu'il céda sa
manufaêture, au commencement de 1790.

Avant de continuer l'hiftoire de la manufaêture de Leperre,
sous ses succeffeurs, disons quelques mots des porcelaines
fabriquées par celui-ci & qui portent, soit la marque :
A LILLE, soit le dauphin couronné.

Ces porcelaines sont très-remarquables. « On fabriqua,
dit M. Brogniart, tout un service destiné au Dauphin, sous

le patronage duquel la fabrique était placée. » Mais laiffons la parole à M. Albert Jacquemart; nous sommes trop heureux de pouvoir appuyer nos appréciations de la double autorité que donnent à ses jugements sa compétence & son impartialité.

Voici ce qu'il dit dans son beau livre sur la porcelaine :

Le musée céramique de Sèvres possède une soucoupe en porcelaine jaune, portant sur le marly des inftruments de chimie & les signes usités dans la pharmacie organique. Autour on lit : FAIT A LILLE, EN FLANDRE; CUIT AU CHARBON DE TERRE, EN 1785.

La porcelaine de Lille eft une poterie remarquable, diftinguée à tous égards. Mme Musias a offert au musée de Sèvres une taffe trembleuse, cadeau de noces commandé par son aïeule vers les commencements de la fabrique. La pâte blanche eft bien travaillée, les bouquets & les bordures d'or mat auraient pu supporter la compa-- raison avec certains produits de l'usine royale; ces seuls mots : A LILLE, sont inscrits sous la pièce.

M. Lecomte, payeur des finances à Versailles, poffède un beau vase sous lequel la marque du Dauphin eft tracée en or & au pinceau. Elle exifte en rouge & faite à la main, sous un tête-à-tête genre de Sèvres, aux armes de la maison Polignac. Dans les pièces courantes, la même marque eft imprimée en rouge, avec une vignette à jour.

On ne doit pas se méprendre, au surplus, sur la valeur que nous attribuons à l'expreffion de pièces courantes; nous voulons parler des objets de service usuel : soupière, plat, affiettes, bols, etc., etc., mais la porcelaine en eft toujours belle & le décor riche; des bordures d'or, des bouquets habilement composés, peints avec soin, indiquent une fabrication de luxe & de haut prix.

Rare encore dans les collections, la porcelaine de Lille se montrera le jour où on daignera la rechercher.

Nous nous affocions à cet éloge désintéreffé, qui peut-être eût paru suspeft sous notre plume; du refte, la liste des dépenses faites pour l'établiffement de la manufacture, lifte

19

que nous avons reproduite, mentionne une somme de plus
de 20,000 florins, pour modèles de service & moules des
figures des premiers artiftes. Nous voyons, de plus, par le
procès-verbal que nous avons cité, que dans les 2,329 pièces
provenant d'une seule fournée, se trouvent des groupes de
dimensions diverses et des grandes figures.

Peut-être Leperre dut-il au patronage du Dauphin, ou plutôt
à son éloignement de Paris, de ne pas s'être vu interdire ce
genre de fabrication ; malheureusement, il ne nous a pas
encore été donné de rencontrer des produits de cette nature,
à l'exception de quelques biscuits, qui portent sous le pied
cette inscription gravée dans la pâte : A LILLE.

A Leperre succéda, pour l'exploitation de sa manufacture, une société dont M. Gaboria, l'un des aɗionnaires,
fut nommé direɗeur ; mais sous les nouveaux propriétaires,
on avait ceffé de faire usage de la houille, le progrès fut
ajourné d'un demi-siècle, comme le dit M. Jacquemart.

Voici, sur la prise de poffeffion de la manufaɗure par
les nouveaux titulaires, un avis publié en 1790 dans un
journal local [1] :

La manufaɗure de porcelaine de Monseigneur le Dauphin, établie
en cette ville, dont les travaux languissaient depuis quelques années,
par des raisons particulières, vient de reprendre depuis quelques mois
& sous de nouveaux propriétaires, une aɗivité plus grande qu'elle
n'a jamais eue.

La suppreffion qu'on a faite des formes triviales pour y subftituer
des formes plus rescentes & plus agréables, les nouveaux genres de

---

[1] L'Abeille, ouvrage périodique contenant l'essence des gazettes, les nouveautés
intéressantes, les affiches et avis divers, et enfin tout ce qui peut être utile et agréable.
(Supplément au numéro 71 du jeudi 17 juin 1790.

peintures qu'on a adoptés, & surtout la modération qu'on se propose dans les prix, doivent affurer le succès de cette entreprise & la satisfaction du public.

Quant à la manière de fabriquer la pâte, on n'a point hésité d'adopter la même qu'à la manufacture de Monsieur, frère du Roi, que celle de Sèves *(sic)* même a également adoptée depuis quelques années. Les personnes qui ont des notions sur l'art de faire la porcelaine savent que celle appelée *porcelaine dure* eft la seule véritable, celle des Indiens & des Japonais, tandis que celle dite *à frite*, la première découverte en France & qui se fabrique encore à Chantilly, Arras & Tournay, n'eft qu'une porcelaine factice dont l'émail, composé de matières criftallines, se raye au couteau & s'altère lorsque des acides y séjournent; de sorte que la véritable porcelaine réunit à l'avantage de la blancheur celui bien renommé de la solidité, qui lui fait supporter un feu beaucoup plus vif, & ces avantages sont bien précieux pour l'usage habituel des maisons.

La vente des objets de cette manufacture eft déjà ouverte; on n'y vendra qu'à prix fixe, & les personnes qui désireraient faire faire quelques ouvrages particuliers & des services à leur chiffre, à leurs armes, ou tel autre deffin, sont sûres qu'on les exécutera parfaitement sans se prévaloir, quant au prix, de ce que ce seraient des objets de fantaisie.

Comme cette manufacture offre des détails affez intéreffants, toutes les personnes qui se présenteront peuvent être certaines qu'on se fera un vrai plaisir de satisfaire leur curiosité.

Il faut s'adreffer, pour tout ce qui concerne cette manufacture, à M. Gaboria, co-propriétaire & régiffeur, qui y a établi sa demeure.

Pour l'époque & comme réclame, cela n'eft pas mal; mais nous en sommes fâché pour la mémoire de M. Gaboria, nous doutons très-fort que la fubftitution de *formes nouvelles et agréables* aux formes *triviales* que son prédéceffeur avait copiées sur celles de Sèvres, constituât un progrès dont il fut en droit de s'enorgueillir.

Quant à son parallèle entre la pâte dure & la pâte tendre, c'était un argument dirigé contre la concurrence redoutable

que faisait à son établiffement la porcelaine de Tournai,
dont l'usage s'était répandu dans toutes les grandes familles.

Du refte, on ne peut le nier, tout en subiffant le goût du
temps, les produits de la manufaĉure conservèrent une
véritable valeur artiftique.

Nous pouvons encore ici nous appuyer sur le témoignage
de M. Jacquemart :

« A l'époque de la Révolution, dit-il, la fabrique de Lille
fut un refuge pour quelques artiftes de talent. M. Émile
Wattier conserve un déjeuner qui a été décoré, par son
grand-père, de divers sujets de nature morte ; obligé d'abandonner les nombreux travaux qu'il avait commencés dans
les églises & les couvents du Nord de la France, le peintre
fut heureux de trouver à employer son pinceau dans un
établiffement honorable. »

Le peintre dont parle M. Jacquemart avait nom Thuillier.

Le musée de Sèvres poffède, de la fabrique de Lille, nous
a dit M. de Riocreux, un pot à l'eau dérivant de la forme
du broc, que ledit Thuillier peignit en 1795, pour un sieur
Laguarigue, négociant en porcelaine & faïence, à Paris. La
peinture représente un sujet de nature morte, dans le genre
de Desportes. Ce pot provient auffi de M. Wattier.

Des documents qui ont passé sous nos yeux, nous ont
fourni les noms de quelques ouvriers spéciaux qui travaillaient
dans la manufaĉure de Gaboria à l'époque de la Révolution.

Nous citerons comme peintres : Thuillier, Joseph Lœillet,
Pidoux, Gauchain, Ed. Corbet, le frère du sculpteur, sans
doute ; Michel Quechere, Nicolas Meyer & Félix Pelse.

Comme mouleurs : Léonard Salviani, Alexandre Caron,
Antoine Fourmeftraux, Barbin, & enfin un nommé Joseph
Soudan, *figuriste*.

Cette lifte incomplète dit affez l'importance qu'avait con-
servée la manufaĉture.

Le Caron dont il eft queftion ci-deffus fut le père d'Adolphe
Caron, graveur diftingué, que les arts viennent de perdre ;
il travaillait, nous l'avons dit, comme modeleur dans la
fabrique lilloise ; son extrême habileté le fit appeler plus
tard à Paris, par M. Dagoti, célèbre fabricant. Dans l'établiffement de ce dernier, il exécutait les modèles pour les
ouvriers. Caron père fut ensuite chargé d'établir & d'orga-
niser une manufaĉture près de Nevers. Enfin il devint direĉteur
d'une fabrique de terre anglaise, à Gien, avant de prendre
définitivement sa retraite. Il avait fait apprendre le deffin à
son fils, dans l'intention d'en faire un peintre décorateur,
mais celui-ci s'adonna tout entier à la gravure & conquit,
dans cet art, une juste célébrité [1].

A M. Gaboria succéda un sieur Graindorge, sur lequel
nous manquons de renseignements ; puis enfin M. Renault
qui ferma la manufaĉture.

Nous extrayons de la statiftique du département du Nord [2],
publiée par M. Dieudonné, ancien préfet du département du
Nord, les quelques renseignements qui suivent & qui se
rapportent aux dernières années de fabrication :

En l'an neuf, la manufaĉture occupait encore quarante ouvriers,
dont six tourneurs & dix peintres gagnant en moyenne de dix à douze
livres par jour. Cette manufaĉture tire l'argile & les cailloux (spath
fusible), qui fait l'émail, de Limoges & Bayonne ; l'argile & les
cailloux reviennent à trente-sept centimes le kilog., rendus à la manu-

---

(1) Ces renseignements sur la famille Caron sont extraits d'une lettre de M. Hen-
riquel-Dupont adressée à M. Païcle, archiviste de la ville de Lille, qui a publié une
notice sur notre concitoyen, Adolphe Caron.

(2) Douai, 1804.

facture ; elle a consommé, en 1802, 20,000 kilogrammes d'argile &
15,000 kilogrammes de cailloux, & fabriqué à peu près 60,000 pièces
en quarante-huit fournées, savoir :

> Huit douzièmes en taffes & sous-taffes.
>
> Trois douzièmes en services de table.
>
> Un douzième en groupes & vases d'ornements.

La consommation de l'or, pour les doreurs, représente une valeur
de 8,000 fr. pour ladite année.

En l'an onze, la ville de Lille organisa, à l'occasion du
voyage du Premier Consul, une exposition des produits de
l'induftrie du pays, dans les galeries de la Bourse. Nous
savons, par des témoignages contemporains, que les produits de la manufaêure de porcelaine attirèrent vivement
l'attention. Voici, d'après le catalogue, quels étaient les
objets exposés par M. Renault :

1° Deux vases jasmins à cartel, avec figures en coloris & décoration
   en or.
2° Deux autres vases à cartel, avec figures & bouquets en gris.
3° Deux petits vases à têtes de satyre.
4° Un cabaret composé de douze taffes & six grandes pièces à figures
   & paysages (1).

En l'an treize, la manufaêure lilloise obtint encore une

---

(1) Mentionnons en même temps les autres produits céramiques du Nord qui figu-
raient à cette exposition :

Les enfants Lefebvre de Lille (ancienne fabrique Dorez) : Plusieurs pièces de faïence.

La fabrique de Bailleul . Trois saladiers, quatre assiettes, un plat, quatre pots,
deux rafraichissoirs ; le tout en faïence.

La fabrique de Saint-Amand : Différentes pièces de faïence.

Lepez aîné, à Douai : Deux vases en biscuit blanc, différentes pièces faïence dite
grès anglais.

médaille .d'or à l'exposition de Douai, & nous avons pu ,
par des titres divers, conftater son exiftence jusqu'en 1817 ;
mais les frais de transport des matières premières créait
à cette induftrie locale des impoffibilités de concurrence
qui devaient inévitablement entraîner la fermeture de l'établiffement.

Pendant les dernières années, la fabrication avait perdu
tout caractère artiftique, & les produits fabriqués avaient
ceffé de porter la marque d'origine.

MUSÉE CÉRAMIQUE.

LA SALLE DU CONCLAVE.

ES DOCUMENTS que nous avons réunis dans les pages qui précèdent, montrent quelle part importante Lille a prise au XVIIIᵉ siècle dans le développement de l'induſtrie céramique. Dès 1711, en effet, nous avons vu s'établir, sous la direction de Barthélémy Dorez, une manufacture de porcelaine pâte tendre ; quelques années seulement après la création de la fabrique de Saint-Cloud , & bien avant l'établiſſement de celles de Chantilly, de Mennecy, de Tournai & de Vincènnes. Quant à la pâte dure, c'eſt-à-dire à la porcelaine proprement dite , Lille a donné naiſſance à une manufacture

20

honorée de la protection royale, qui, au mérite incontefté
de ses produits, a joint le mérite plus grand encore d'avoir la
première, & dès 1784, réalisé pratiquement la subftitution
de la houille au bois, pour la cuiffon de la porcelaine.

Dans la fabrication de la faïence, le rôle de la ville de
Lille n'eft pas moins confidérable. De 1696 à 1773, elle
voit s'établir, dans son enceinte, six manufactures dont trois
atteignent un haut degré de prospérité.

Il eft fâcheux pour la renommée des fabriques dont nous
venons d'écrire l'hiftoire, que depuis le commencement de
ce siècle, la ville n'ait pas créé, comme Rouen & Nevers,
à côté des riches musées qui font sa gloire artiftique, un
musée de céramique & d'archéologie. Il eût donné asile à
bien des pièces précieuses pour notre hiftoire locale, qui se
sont difféminées soit dans des musées étrangers, soit dans
les collections particulières.

Cette lacune vient d'être comblée, & l'admininiftration
municipale, en votant des fonds pour la création d'un musée
d'archéologie & de céramique, a mis à la disposition des
commiffions directrices de ces musées un magnifique emplacement dont nous voulons dire quelques mots.

La salle du Conclave, deftinée à réunir les collections
d'archéologie & de céramique, eft la seule partie qui subsifte
encore de l'ancien palais de Rihour bâti par Philippe-le-
Bon vers 1459[1], & acheté, en 1664, par le Magiftrat, à
Philippe IV d'Espagne, pour y établir l'Hôtel-de-Ville.

C'eft dans cette salle que siégeaient les échevins & que se
réuniffaient les États de la province, avant 1789.

Dans la dernière année du XVIIᵉ siècle, Arnould de Wuez,

---

(1) C'est à tort que certains mémoriaux font remonter cette construction à 1430.

l'artifte le plus cèlèbre que Lille compte parmi ses peintres, quitta Paris pour venir s'établir chez nous, & il ouvrit dans son atelier la première académie de peinture que Lille eût poffédée.

Il soumit en 1711, au Magiftrat, un projet de tableau pour décorer la grande paroi de la salle du Conclave, qui se trouvait vis-à-vis du banc des Magiftrats; le projet fut approuvé, & De Wuez fut chargé d'exécuter le tableau représentant *le Jugement dernier*, moyennant 1,200 florins, prix convenu.

L'année suivante, le tableau était terminé & le Magiftrat, satisfait, chargea De Wuez de peindre quatre autres panneaux, pour décorer le refte de la salle jusqu'à l'hémicycle, & ce, moyennant 4,000 florins. De Wuez exécuta, en conséquence, *le Jugement de Salomon, la Femme adultère, le Jugement de Daniel & la Mort d'Ananie.* Le 28 juin 1714, ces quatre grandes toiles étaient terminées &, dans sa satisfaction, le Magiftrat porta, de 5,200 à 6,200 florins, le prix des peintures exécutées, à charge par le peintre de remettre à la ville les esquiffes de ses tableaux, qui sont conservées dans le musée de peinture.

Si nous pouvons encore juger de la composition de ces œuvres capitales, il serait bien difficile de se prononcer sur le mérite de la peinture, le temps & les restaurateurs, *tempus edax, homo edacior*, ont accumulé leurs ravages sur ces tableaux.

Dès 1745, Desfontaines, élève d'Arnould de Wuez, reçoit de la ville 1,140 livres, pour avoir repeint certaines parties détériorées par l'humidité. Vingt-cinq ans plus tard, l'état fâcheux de ces peintures éveilla de nouveau la sollicitude du Magiftrat; une commiffion, nommée à cet effet, fit venir de Tournai un certain Cardinal, peintre reftaurateur, qui demanda 1,800 florins « pour raccommoder, nettoyer &

» enlever les huiles & ingrédients défeâueux mis en 1745,
» & vernir les tableaux après qu'ils auraient été retouchés
» par le sieur Gueret, profeffeur de l'Académie de peinture, »
& ce dernier reçut, de plus, 2,400 livres, « *attendu la grande*
» *quantité d'outremer* qu'il devait employer & qu'il eftime
» à huit cents livres tournois.

Cette seconde restauration, qui coûta 6,000 livres, ne
devait pas être la dernière. Espérons que les fonds que la
ville vient d'employer à une nouvelle reftauration devenue
indispensable, aura, pour la conservation de ces œuvres, un
effet plus durable.

En 1717, pour compléter l'ornementation de la salle,
si bien commencée par les peintures d'Arnould de Wuez, le
Magiftrat décida « de faire lambriffer, toute la salle *d'une*
belle boiserie de chêne sculptée. » Ce travail fut adjugé,
moyennant 3,100 florins, aux sieurs Claude Franchomme
& Philippe-André Cuvelier. Nous sommes heureux de pouvoir faire connaître les noms des deux modeftes artisans qui
ont exécuté les magnifiques boiseries qui décorent la salle du
Conclave. Conçues dans le pur style de Louis XIV, elles
sont travaillées avec un soin merveilleux, & plus heureuses
que les œuvres de De Wuez, elles nous sont parvenues
intaâes & vierges de toute peinture ou vernis, qui eut empâté
les fins détails des sculptures ou noirci le beau ton du chêne
de Hollande. Les sculptures de ces boiseries sont l'œuvre
d'Alexandre Dillies; elles lui furent payées 232 florins. Quant
aux groupes d'amours qui surmontent les pilaftres, ils furent
sculptés par Barthélémy Arion, qui reçut pour cela la somme
de 192 florins. Enfin, la paroi circulaire au-deffus des gradins
fut ornée d'une tapifferie de haute-liffe par Destombes-Pan-
nemacker, qui reçut pour ce travail 2,100 florins. A la place
de cette tapifferie disparue, la ville a fait établir des armoires
en chêne deftinées à recevoir nos colleâions.

On le voit, les musées en création seront dignement placés. Espérons que la splendeur de l'inftallation provoquera l'émulation des donateurs, heureux d'offrir un pareil asile aux objets dont ils se deffaisiront en faveur de la ville. Nous ne nous diffimulons pas qu'en raison du prix exceffif qu'ont atteint les curiosités, & avec les reffources naturellement reftreintes qu'une ville, qui a d'autres devoirs à remplir, peut mettre à la disposition de ses commiffions, c'eft surtout sur les donations & les legs que les musées de ce genre doivent compter. Nous avions pour point de départ quelques terres cuites gallo-romaines, quelques vases remarquables, don du Gouvernement, provenant de la collection Campana; en y joignant les objets en grès cérame & les faïences peu nombreuses appartenant d'ancienne date à la ville, ou offertes récemment par des amateurs, ainsi que quelques pièces de choix achetées avec les reffources que la ville a généreusement mises à notre disposition, nous avons pu former le noyau d'un musée que le temps se chargera d'enrichir. Déjà plusieurs spécimens très-curieux de nos anciennes fabrications ont été réunis, & nous n'hésitons point, en terminant, à solliciter de nos concitoyens les dons qui peuvent compléter cette collection naiffante.

PIÈCES JUSTIFICATIVES.

PIÈCES JUSTIFICATIVES.

———

Requête de la veuve Febvrier pour l'obtention d'un privilége exclusif.

—

1729.

—

AU ROI.

Sire,

Marie-Barbe Vandenpopelière, veuve de Jacques Febvrier, & François-Joseph Bouffemart, son gendre & son affocié, pour faire valoir la manufacture de fayence qui a efté établie depuis plus de vingt-cinq ans, par ledit Febvrier, dans la ville de Lille, remontrent très-humblement à Voftre Majefté, que par les certificats qu'ils raportent, il eft justiffié que les ouvrages qui se font dans cette manufacture sont si beaux & d'une si bonne qualité qu'ils sont très-recherchés & même préférés à ceux d'Hollande, non seulement par les marchands fayenciers de la Flandre & des environs, mais encore par

ceux de Paris; que les suppliants ne peuvent actuellement faire fabriquer la moitié des ouvrages que ces marchands leur demandent,
parce qu'ils n'ont pas un nombre suffisant de fourneaux & d'atelliers,
mais qu'ils y parviendraient facilement en faisant conftruire de nouveaux fourneaux, ce qu'ils ne peuvent faire sans une permiffion de
Sa Majefté, aiant efté fait défenses, par un arrêt du Conseil du 9 août
1723, d'eftablir à l'avenir aucuns fourneaux sinon en vertu de lettres-
patentes; que d'ailleurs les suppliants ne peuvent entreprendre de
faire une dépense auffi confidérable que celle qu'ils seront obligés
de faire pour conftruire un plus grand nombre de fourneaux &
d'atelliers, si ils ne sont pas affurés que cette dépense ne tombera
pas en pure perte pour eux, comme il arriverait si Sa Majefté n'avait
la bonté de faire défenses à toutes autres personnes de conftruire à
l'avenir d'autres manufactures de fayence dans la ville de Lille & à
dix lieues aux environs, que celles qui sont déjà eftablies dans cette
étendue.

Que les suppliants, en doublant la quantité d'ouvrages qu'ils font
fabriquer actuellement, consommeront auffi une fois plus de plomb &
d'eftain qu'ils font venir d'Angleterre, en conséquence des passe-ports
que Sa Majefté a la bonté de leur accorder, ce qui augmentera le
produit de ses fermes; que les suppliants ne peuvent pas se servir de
l'eftain ni du plomb d'Allemagne, parce que se trouvant meslés de
cuivre, ils seraient obligés pour les faire fondre de cuire davantage leur
fayance, ce qui la rendrait beaucoup plus fragile qu'elle n'eft, lorsque
l'on y emploie de l'eftain & du plomb d'Angleterre; de sorte que s'il
ne leur était pas permis de faire venir ces métaux d'Angleterre,
ils seraient forcés de se servir de ceux que l'on introduit en fraude;
que cette manufacture étant sans contredit la plus considérable du
royaume, ils ont lieu d'espérer que Sa Majefté ne leur refusera pas la
grâce de l'ériger en manufacture royale, comme celle eftablie à
Bordeaux par Jacques Huftin, & celle eftablie à Montpellier par
Jacques Ollivier.

A ces causes, requeraient les suppliants qu'il pluft à Sa Majefté
leur permettre de faire conftruire de nouveaux fourneaux dans leur
manufacture; de l'ériger en manufacture royale; de faire deffenses
à touttes personnes de conftruire, pendant vingt années, nouvelles
manufactures de fayence dans la ville de Lille & à dix lieues aux environs, à peine de 6,000 livres d'amende & de tous dépens, dommages

& intérefts, & de leur permettre de faire venir d'Angleterre, pendant chacune des dites vingt années, la quantité de dix mille livres pesant d'eftain & de vingt mille livres pesant de plomb, pour l'exploitation de leur manufacture, en payant les droits accoutumés, si mieux n'aime Sa Majefté leur accorder, pour chacune des vingt années, un passe-port pour faire venir d'Angleterre cette quantité de plomb & d'eftain, & les suppliants continueront leurs vœux & leurs prières pour la santé & la prospérité de Votre Majefté.

Veuve FEBVRIER.
J.-F. BOUSSEMART.

Mémoire pour l'établiffement d'une verrerie en la ville de Lille.

1732.

Marie-Barbe Vandenpopelière, veuve de Jacques Febvrier, & Joseph-François Bouffemart, son gendre & affocié dans une manufacture de fayence, sise rue Princeffe, en la nouvelle enceinte de cette ville de Lille, demandent la protection & l'aide de Meffieurs les Magiftrats de la ditte ville, pour parvenir à *y établir une verrerie* qu'ils offrent d'entreprendre dans l'espérance d'y réuffir & la rendre par la suite autant & plus floriffante que leur manufacture de fayence, qui, par leurs soins, depuis trente ans que Febvrier l'a commencée, eft aujourd'hui la plus considérable de l'Europe par la grande quantité d'ouvrages qu'on y fait, dont la fabrique & le débit font subfifter plus

de quatre cents familles, & pour faire voir combien la ditte manufacture de fayence eft aujourd'hui floriffante, l'on joindra au préfent
mémoire, l'état par le détail de son contenu & tel qu'il eft à préfent,
qu'on offre de justifier.

L'idée qu'ils donnent ici de leur manufacture de fayence, dont les
progrès sont très-confidérables, ne se rapporte que pour faire sentir
combien il serait avantageux à cette ville de Lille d'y établir auffi
une verrerie. On sçait que c'eft par le commerce & les manufactures
établies dans Lille, que cette ville eft tant renommée & rendue
célèbre ; c'eft véritablement au commerce de ses manufactures qu'elle
doit l'honneur & les richeffes qu'elle poffède, & en y établiffant une
verrerie, son commerce sera d'autant augmenté, qui fera par un
accroiffement subsifter un grand nombre d'ouvriers & plusieurs
familles qui se trouveront employés.

Le deffein eft de commencer par établir une verrerie pour faire
criftallins & verres de toute façon, & après trois ou quatre ans de
criftallins & verres, de l'augmenter & y faire toutes sortes de bouteilles
dont la consommation eft très-forte & l'usage utile au public.

On se propose d'établir la ditte verrerie contigue la manufacture
de fayence & d'y élever & conftruire, à cet effet, un bâtiment sur un
terrain de la ditte manufacture, qui appartient à la ditte veuve, de
112 pieds de longueur sur 24 pieds de largeur, & un front de rue de
43 pieds ; le tout suivant le plan qu'on représente icy joint.

Ce bâtiment contiendra les fourneaux & magasins, douze chambres
pour y coucher les douze maîtres-ouvriers, douze chambres pour
douze des valets qui les servent dans l'ouvrage, & encore une chambre
pour un consors qui eft leur chef.

Outre la dépense dudit bâtiment, qui sera considérable, il faut
encore au moins qu'on faffe un fond de 40,000 florins, pour former
un livre de crédit & ne pas être obligé de succomber à vendre à vil
prix, afin de pouvoir surmonter l'intéreft & vaincre les mauvaises
manières que les anciens verriers ont ordinairement, par jalousie,
de faire tomber les verreries nouvellement établies, à cause de la
grande façon qu'ils prendent, qui porte plus du quart de la valeur de
la marchandise.

Les douze maîtres dans une verrerie ne font que six, à cause qu'ils
ne travaillent que pendant six heures & qu'ils se reposent six heures
alternativement, tant de jour que de nuit ; chaque maître eft obligé

de rendre par semaines 1,800 de verres, ce qui s'entend de verres
en compte de 2 pour 1 ou de 3 pour 2 ; ce qui fait par mois 21,600 &
peut aller par an à 269,200 de verres, le four ne pouvant pas discon-
tinuer d'aller, lorsqu'on commence à travailler, à moins que pour un
cas bien preffant, qui ne laiffe pas de causer un interreft qui va à
plus de trois cents florins, avant d'avoir remis le feu en sa première force.

Le défaut de verrerie en cette province, oblige les habitants de
faire venir leurs verres & bouteilles du Haynault & des Pays-Bas
autrichiens ; une verrerie dans une principale ville de la Flandre telle
que Lille, à la portée de l'Artois & des villes maritimes, a tout lieu
d'espérer, après quelques années de souffrances dans son commencement, de surmonter son établiffement & de se soutenir avec
honneur.

L'établiffement d'une verrerie dans la ville de Lille causera encore
cet avantage à la ville, qu'elle fera vivre au moins cent famillles &
une cinquantaine d'hommes montés d'une raffle remplie de verres,
qui vont parcourir le pays pour en procurer le débit, comme on
pratique par coutume aux autres verreries qui sont en état de faire
avance de leur marchandise.

Il n'eft pas poffible de faire cette entreprise sans être appuyé de
secours, car parmy tant d'obftacles & de difficultés qu'il faudra
surmonter, outre que le terrain sur lequel on propose de faire cette
verrerie appartient en propre à la ditte veuve Febvrier, il faudra
faire une dépense pour les bâtimens & un fond pour soutenir le
travail, dont le tout montera à un capital très-considérable.

La ditte veuve & son gendre ne feront point des propositions en
l'air, telles que firent autrefois à cette ville les sieurs Paul & Collen-
grie de Barbançon, & de Formiter d'Avesnes, qui étaient sans fonds
& impuiffans de donner caution ou affurance pour les avances qu'ils
demandaient. La ditte veuve & son gendre donneront, à l'appai-
sement de Meffieurs les Magiftrats, bonne garantie & hypotecque
sur des biens-fonds qui excèderont toujours en valeur le prêt d'avance
que cette ville leur fera, au moyen de quoi la ville sera affurée de ne
courir aucun risque.

PROPOSITIONS SUBORDINÉES ET ALTERNATIVES.

Premièrement. — Que la ville donnera une fois gratuitement 3,000 florins, pour aider à conftruire les bâtiments néceffaires de logement, magasin, four, & à l'achat de deux chariots arnachez de quatre chevaux chacun, & que la ditte ville fournira & avancera en prêt, outre ce don gratuit, 10,000 florins, sans intérêts, pendant dix ans, pour en après, en faire le remboursement en cinq ans, 2,000 florins chaque année.

Deuxièmement. — Ou si la ditte ville aime mieux avancer 20,000 florins à rembourser après dix ans, 2,000 florins par année, jusqu'à l'entier paiement des 20,000 florins.

Troisièmement. — Ou en don pur gratuit, une fois pour tout, la somme de 10,000 florins.

Parmy quoi ils espèrent que Meffieurs du Magiftrat donneront auffi les mains pour obtenir lettres néceffaires de Sa Majesté.

Veuve FEBVRIER.
J.-F. BOUSSEMART.

SUPPLÉMENT DE REPRÉSENTATION.

. . . .
Les suppliants ayant appris que Meffieurs faisaient obje&ion & craignaient par cet établiffement le renchériffement des bois, cette raison ne doit point arrefter, puisqu'il n'y a point de pays mieux planté en bois que la Flandre & surtout la châtellenie de Lille qui eft avoisiné, & parlant en terme du pays. Pays de la Leue, des bois de Nieppes & de Vendosme appartenans au Roy. Il se trouve aftuellement sur les chantiers de Nieppes, au moins sept à huit couppes, dont partie des bois tendres dépériffent. Les magasins de cette ville en sont plus que suffisamment remplis, & ceux qui ont entrepris les couppes ne demandent pas mieux, à ce que les suppliants entendent,

d'en voir la vidange pour en faire revenir d'autres. Le défaut de consommation des bois dans le pays empêche que les eftrangers & ceux de la domination du Roy, plus éloignés, n'en amènent.

Si l'établiffement de cette verrerie occasionne une grande consommation de bois, quoiqu'on ne s'aperçoive point qu'elle puisse aller à plus de 40,000 faisseaux par année, faisant 400 cordes, cela prouve d'autant mieux l'utilité & la néceffité dudit établiffement, auquel tout le publicq eft intéreffé, & l'on ne doit pas douter, d'un seul moment, que la Flandre Impériale, où il y en a beaucoup, & ceux qui ont des bois dont le pays voisin eft abondant, en feraient voiturer à Lille, à proportion de sa consommation, ainsi qu'il en eft de toutes autres marchandises & denrées qui trouvent aisément leur débouché, de sorte que la crainte de l'augmentation du prix des bois eft vaine.

Les forêts du pays produisent partie bois dur, qu'on appelle charne, partie bois tendre, qui eft pur bois blanc & rouge; les particuliers n'emploient que les bois durs. Personne ne peut dire, au surplus, de notre consommation, qu'il s'en fait plus de 6,000 faisseaux de bois tendre, & chaque couppe des dites forêts en produit tous les ans le quadruple, en sorte que les trois quarts de ces bois tendres dépériffent par pourriture, faute de consommation.

Il eft de notoriété, Meffieurs, qu'à Rouen il se trouve au moins trente manufactures de fayences qui consomment plus de bois que les treize principales verreries du royaume; cette ville se trouve éloignée d'une abondance de bois, puisqu'il paffe souvent le travers de Paris; cependant il n'en manque jamais, non plus pour ses manufactures que pour ses habitants.

Chose encore, c'eft qu'à Delft, en Hollande, lieu sans bois, se trouve soixante manufactures de fayences; sur quoi il arriva que Meffieurs de Amfterdam firent une représentation; les États ont répondu que dans un bois il ne se trouvait pas de commerce, mais dans une ville le commerce du bois

Si indépendamment de ces observations, il y avait encore sujet de craindre qu'en employant des bois des forêts de Nieppes, de Vendosme, ou de la châtellenie de Lille, dont partie sont bois blancs, dans l'établiffement proposé, il pourrait augmenter en cette ville, quoique cependant, par le moyen de cet établiffement, nous affurons de le faire baiffer de trois florins par corde d'icy à un an, & cela par la raison que l'on suivra nos principes; comme l'on ne doute pas de l'obtenir à aussy jufte compte en le faisant venir de l'étranger, les suppliants se soumettront de n'en point employer d'autres que ceux venant de l'étranger, & qu'on doit attendre qu'ils y viendront tout naturellement, si l'établiffement avait une fois lieu, parce que les verreries étrangères n'auraient plus le même débouché qu'aujourd'hui de leurs verres, &, par conséquent, ils ne sauraient consommer du bois à l'ordinaire.

A ces causes, les suppliants ont recours à vos Seigneuries, Meffieurs, les suppliant leur accorder l'honneur de votre proteétion, pour qu'ils puiffent parvenir à établir, en cette ville de Lille, la ditte verrerie selon le projet qu'ils ont présenté & repris dans leur mémoire ; ce faisant, etc.

CHAMBRE DE COMMERCE.

Mémoire pour l'établiffement d'une verrerie en la ville de Lille.

1732.

Un manufaéturier de cette ville ayant représenté à Meffieurs du Magiftrat qu'il souhaiterait établir une verrerie qui serait utile à Lille en particulier, aux provinces de Flandres, d'Artois & Cambrésis & à l'État, il y avait lieu d'espérer d'être écouté favorablement, mais ayant eu connaiffance de l'opposition de ce même Magiftrat, lequel pour toute raison allègue la crainte qu'il a du renchériffement aux prix des bois, dont l'usage eft indispenssable.

Avant faire voir combien elle eft mal fondée, on espère de démontrer, malgré la prévention, que cette manufacture, ci-devant tant souhaitée & qu'on refuse à présent, ne peut être que très-avantageuse à cette ville, à la Flandre françoise & au royaume. En effet, ce serait bien peu si cette province, à laquelle on peut ajouter celles de l'Artois & du Cambrésis, ne consommait point pour cent mille écus de verres de toutes espèces, chaque année, qu'ils sont obligés de tirer de l'étranger, ce qui ne ferait que 820 livres 18 sols par jour & ne porterait pas à 50 sols par chaque ville, bourg & village de ces trois provinces par jour; si on fait attention à la quantité de bouteilles, de verres à boire & pour vitres qui s'y vendent, surtout depuis que le bon gouft a pris la place des coutumes de nos anciens, qui se servaient de gobelets, on trouvera que cette somme eft bien modique ; quelque qu'elle soit, il eft certain qu'elle paffe chez l'étranger, auquel on donne le proffit de la fabrication. Il eft de l'intéreft de l'État que le royaume se paffe des manufactures étrangères

M. Colbert en était persuadé, & c'eft à ses soins que la France doit l'établiffement de celles de la soierie, draperie & bonneterie & de tant d'autres, qui ont fait fleurir le commerce & attirer tant de peuples en France, en y conservant l'or & l'argent.

La ville de Lille n'a pas moins d'intéreft à les conserver dans son sein & à en attirer d'autres, parce qu'il eft évident que c'eft la seule reffource, & qu'elle fournit de son induftrie aux provinces éloignées circonvoisines.

Il eft inutile d'avancer d'autres preuves, puisque le Magiftrat de Lille ne saurait en disconvenir sans être contraire à luy-même, par la poursuitte qu'il fait pour la conservation des dites manufactures, que les habitants de Roubaix veullent lui enlever; il refte encore affez de vuide dans Lille, pour ne pas borner là ses soins & donner de l'émulation aux habitants induftrieux qui tâchent de se perfectionner contre les accidents imprévus qui causent la décadence des fabriques qu'on aurait cru les mieux établies.

On pourra croire que le Magiftrat ne réfléchit pas affez sur l'avantage qu'il peut revenir à la ville par l'établiffement d'une verrerie, si l'on fait évanouir la crainte de la cherctée du bois qu'elle pourrait occasionner.

L'entrepreneur de la verrerie ne consommera que 60,000 facheaux de bois blancs, tout autre ne convient point.

Premier fait. — Quoique le pays en produise beaucoup, il eſt certain qu'il s'y en consomme très-peu dans les villes, auſſi est-il à très-vil prix & les manufaƈturiers de fayences ont fait marché cette année à 11 florins le cent de facheaux; les chantiers en sont remplis sans ou avec peu de débit.

Deuxième fait. — Le bois d'orme eſt celui dont on se sert pour le chauffage & la cuisine; cet usage tient de l'économie & de l'avantage qu'il produit, ce que tout autre bois ne peut égaller.

Troisième fait. — Les 60,000 facheaux que demande l'entrepreneur, comptés à 15 livres 15 sols tournois, font 8,250 livres tournois par an; l'objet eſt si minime qu'il n'eſt pas poſſible qu'il influe sur le prix des autres bois; d'ailleurs il offre de le tirer de l'étranger & de le faire conſter à l'entrée en cette ville.

L'expérience nous a fait connoître que jamais aucune manufaƈture n'a fait augmenter la matière ou ce dont elle a besoin. L'amidon se fabriquait avec le son de bleds, il était défendu d'y employer du bled; depuis six mois, Meſſieurs du Magiſtrat viennent de le permettre, le bled baiſſe de prix de jour en jour. Depuis la fondation de cette ville, on n'a point conſtruit d'édifices & rebattis de maisons ruinées en telle quantité que depuis quinze ans, cependant le prix du bois diminue journellement.

L'art de teindre en escarlate était presque ignoré il y a vingt années; la cochenille était chère alors. On teint à présent cette couleur journellement, & cette même cochenille se vend plus de vingt pour cent meilleur marché; le thée était presqu'inconnu dans ce pays, il y a trente ans; il vallait 30 à 50 livres tournois la livre; il n'y a point de particulier qui n'en boive aujourd'huy, il ne vaut que 4 livres à 6 livres tournois la livre, le meilleur.

D'où vient cette espèce de paradoxe? C'eſt que la grande consommation dans un pays y attire l'abondance des choses, lesquelles, quoyqu'elles produisent un léger profit, il se répète tant de fois qu'il devient considérable à ceux qui les aportent. Il en eſt de même des bois à brûler; il n'a jamais été à si bas prix depuis cinquante ans, qu'il l'eſt aujourd'huy; il baiſſera encore malgré l'établiſſement de la verrerie. Notre pays en eſt rempli & les voisins étrangers en regorgent. Si ce que deſſus eſt prouvé, n'eſt-il pas du bien de la ville & de l'État d'établir cette manufaƈture à Lille, d'empêcher par là qu'on se serve de celle d'Allemagne & du Pays-Bas autrichien, où il se transporte une somme considérable d'espèces chaque année, qui resterait dans cette province, & de donner de l'occupation aux sujets du Roy.

On se flatte que Messieurs du Magistrat, qui n'ont pas pris en considération cette affaire avec une sérieuse attention, à la vue de nos représentations, seront persuadés que l'établissement de la verrerie dans cette ville, ne peut être que très-avantageuse, & que nous ne cherchons qu'à donner au commerce toutes les activités que l'industrie pour les manufactures fait naître dans les habitants de la Flandre françoise; c'est la justice que nous espérons. Il s'agit de fournir aux sujets du Roy, à meilleur marché, la verrerie, de retenir dans le royaume cent mille écus que l'étranger reçoit chaque année, d'attirer dans Lille une manufacture capable d'entretenir cent familles, d'augmenter le produit des impôts par la consommation des boissons & autres denrées; enfin il est question qu'elle ne s'établisse dans le plat pays, au préjudice de la ville de Lille. Serait-il possible qu'on laissât échapper une occasion si favorable d'augmenter le commerce, par une terreur panique qui n'a aucun fondement.

Fait à l'assemblée de Lille, le 16 juin 1732.

Par ordonnance :

R. LORIDAN.

PRIX-COURANTS des bois blancs en facheaux tirés des registres des facheaux & courtiers jurés, depuis 1700, y compris 1732, qui a été délivré par Bouffemart à Messieurs le directeur & syndics de la Chambre de Commerce de Lille.

En 1700 jusqu'en 1708 . . à onze florins le cent.
En 1708 jusqu'en 1717 . . à douze florins dix patars.
En 1718 & 1719. . . . . à quatorze florins.
En 1720 . . . . à vingt florins.
En 1721. . . . . à vingt et un florins.

En 1722. . . . . à dix-sept florins.
En 1723. . . . . à dix-huit florins.
En 1724. . . . . à dix-sept florins.
En 1725. . . . . à quinze florins.
En 1726. . . . . à seize florins.
En 1727. . . . . à quinze florins.
En 1728. . . . . à quinze florins.
En 1729. . . . . à quatorze florins dix patars.
En 1730. . . . . à quatorze florins.
En 1731. . . . . à treize florins.
En 1732. . . . . à douze florins.

A Lille, le 15 juin 1733.

Arrêt du Conseil d'État qui autorise l'établissement, à Lille, d'une verrerie royale.

1735.

Sur la requête présentée au Roy, en son Conseil, par la veuve Febvrier & Joseph-François Bouffemart, entrepreneur d'une manufaêture de fayence à Lille, contenant qu'ayant formé le dessein d'établir une verrerie dans cette ville, ils auraient communiqué le projet de leur établiffement aux Rewart, Mayeur, Eschevins conseil & Huit Hommes de ladite ville de Lille, qui, par leur délibération du 9 février 1733, l'auraient approuvé & auraient accordé aux suppliants l'exemption de différents droits dus à la ville, sur la soumiffion' par eux faite de n'employer dans cette verrerie que du bois tiré de l'étranger, à moins que le commerce n'en soit interrompu, auquel cas les dits Reward, Mayeur & Eschevins se sont, du consentement des suppliants, réservé la liberté de laiffer continuer les ouvrages de cette verrerie ou de les faire cesser, suivant les circonftances du tems; que cependant, comme un pareil établiffement ne peut être formé sans la permiffion de Sa Majefté, & que d'ailleurs il exige des dépenses considérables, les suppliants ne pourraient l'entreprendre si Sa Majefté n'avait la bonté d'y pourvoir.

Requeraient à ces causes, ladite veuve Febvrier & ledit Bouffemart, qu'il plut à Sa Majefté leur permettre, & à leurs hoirs ou ayant cause, d'établir une verrerie dans la ville de Lille & d'y faire fabriquer des verres, criftaux & émaux de toutes espèces, pendant le temps & espace de vingt années consécutives, avec défense à toutes personnes de quelque qualité & condition qu'elles soient, d'établir pendant le dit tems aucune verrerie dans la dite ville & dans la diftance de dix lieues aux environs, sous peine de confiscation des ouvrages de verre & des matières, outils & uftenfils servant à leur fabrication, &, en outre, de 3,000 livres d'amende applicables moitié au profit de Sa Majefté, moitié au profit des suppliants, leurs hoirs ou ayant cause; leur permettre pareillement d'affocier à cette entreprise telles personnes qu'ils voudront choisir, soit nobles ou roturiers, sans que pour raison de ce, leurs affociés soient censés ni réputés avoir dérogé à nobleffe, comme auffi de faire mettre au-deffus de la principale porte d'entrée de la dite verrerie, un tableau aux armes du Roy, avec cette inscription : VERRERIE ROYALE, & d'y avoir un portier à la livrée de Sa Majefté.

Vue la dite requête, la dite délibération prise par les Rewart, Mayeur, Eschevins, Conseil & Huit Hommes de la ville de Lille, ensemble l'avis du sieur de Lagrandville, intendant & commiffaire départi en Flandre, & celui des députés au bureau du Commerce; ouï le rapport du sieur Orry, conseiller d'État & ordinaire au Conseil Royal, contrôleur-général des finances; le Roy, en son Conseil, a permis & permet à la veuve Febvrier & à Joseph-François Bouffemart, leurs hoirs ou ayant cause, d'établir dans la ville de Lille une verrerie & d'y faire fabriquer, pendant le tems & espace de vingt années consécutives, à compter du jour & date du présent arrêt, des ouvrages de verres & des criftaux & émaux, à l'exception néanmoins des verres à vitres & des bouteilles, qu'ils ne pourront y fabriquer sous peine de confiscation & de 1,000 livres d'amende.

Fait, Sa Majefté, défense à toutes personnes de quelque qualité & condition qu'elles soient, d'établir pendant le dit tems de vingt années, dans la dite ville de Lille & dans la diftance de dix lieues aux environs, aucune autre verrerie, sous peine de confiscation des ouvrages de vitres & des matières, outils & uftensils servant à leur fabrication, & de trois mille livres d'amende applicable moitié à Sà Majefté & l'autre moitié au profit des entrepreneurs, leurs hoirs ou ayant cause ; leur permet d'affocier à leur entreprise telles personnes qu'ils voudront choisir, soit nobles ou roturiers, sans que pour raison de ce, leurs affociés nobles soient censés ni réputés avoir dérogé à nobleffe ; leur permet auffi, Sa Majefté, de faire mettre au-deffus de la principale porte d'entrée de la dite verrerie, un tableau à ses armes avec cette inscription : VERRERIE ROYALE, & d'y avoir un portier à la livrée de Sa Majefté, & seront, sur le présent arrêt, toutes lettres néceffaires expédiées.

Fait au Conseil d'État du Roy, tenu à Versailles le 5 avril 1735.

Signé : DEREUGNY et collationné.

Avis de la Chambre de Commerce sur l'établissement d'une faïencerie à Dunkerque.

1749.

Les direfteurs & syndics de la Chambre de Commerce, ayant examiné avec attention la demande du sieur Douisbourg au Conseil, pour obtenir l'établiffement d'une manufafture de porcelaine, de faïence & d'émaux, dans la ville ou basse ville de Dunkerque, avec

un privilège de trente années, attendu qu'il a tous les talents nécessaires pour la fabrication de cette marchandise, & que, par là, il
conservera aux sujets du Roy le profit que les Hollandais tirent par
les envois considérables qu'ils font à Dunkerque; ayant pareillement
pesé les raisons d'oppositions du sieur Bouffemart, manufacturier de
faïence & de verres à Lille, font observer que, quoique ordinairement
la multiplication des établissements d'une même manufacture soit
utile au commerce général, surtout lorsque l'émulation est égale
entre les fabriquants, il est des cas où on ne doit point les hâter,
principalement quand l'égalité ne s'y trouve plus & que ces accrois-
sements causent infailliblement la ruine de ceux faits depuis longues
années avec une dépense considérable, dont ils ne commencent qu'à
ressentir les fruits.

Le sieur Douisbourg promet beaucoup; on veut qu'il réussisse,
quoique l'expérience ait persuadé que de pareils ou d'autres établissements de cette nature aient échoué à Dunkerque & dans tous les
lieux ouverts, témoin la manufacture de bouteilles & de verres à
vitres; il n'est point douteux que favorisé de tous les privilèges qu'il
demande, il ne donne l'exclusion à celles établies dans Lille avec des
grandes dépenses & une constance à surmonter tous les malheurs de
la guerre, qui ont empêché la traite des matières, rendu les ouvriers
chers & rares, & obligé à supporter les frais de grosses avances.

D'ailleurs, n'est-il pas à craindre que le grand objet du sieur
Douisbourg ne soit, sous prétexte de fabriquer des faïences, de verser
dans le pays & les environs celles étrangères, lorsque les prix le
permettront.

Dunkerque est un port franc pour l'entrée; la sortie la sera aussi,
à l'aide des certificats de fabrique de la manufacture de cette ville, à
laquelle cette franchise doit suffire sans en abuser, si elle veut la conserver; il y a de quoi occuper les gens de journée, la marine & tout
ce qui en dépend; la pêche, la navigation, ne fournissent que trop
de moyens de les employer utilement, le travail n'y chôme jamais.

La ville de Lille est située & semble être née pour recevoir dans
son sein les manufactures, les alimenter & leur donner des établissements fixes; en effet, depuis trois cents ans & plus, elle n'en a
perdu aucune, au contraire, elle en acquiert de nouvelles de jour en
jour; elle renferme deux fabriques de faïences, qui sont celles du
sieur Bouffemart & des héritiers de Dorez. Dans les temps ordinaires,

elles suffisent à la consommation du pays & au transport dans les
colonies françoises; s'il en a manqué dans ces derniers temps, la
guerre en a été la cause, & la demande forcée, mais momentanée,
depuis pour les îles françoises, vient de ce que la paix a donné lieu à
y envoyer plus de navires que de coutume; enfin les deux manufactures, qui fournissent actuellement abondamment, sont établies
solidement; le succès de celle demandée par le sieur Douisbourg eſt
très-incertain; à le supposer certain, il doit produire la ruine de celles
de Lille, & peut-être cette nouvelle fabrique périra-t-elle elle-même
après avoir causé au commerce un tort irréparable.

Les privilèges s'accordent quelque fois, quand il s'agit d'attirer une
manufacture dans un Royaume où elle était inconnue; encore ne
devrait-ce être que pour un tems capable de rembourser les avances
des entrepreneurs, mais lorsque ces manufactures sont établies avec
fruit depuis longtems dans les mêmes provinces ou dans les environs,
il serait contre la saine politique de donner des armes à la nouveauté
pour détruire les fruits de l'induſtrie des sujets du même prince.

Pour ces raisons, les directeurs & syndics eſtiment que la demande
du sieur Douisbourg doit lui être refusée, & que ses raisons spécieuses
ne peuvent militer contre celles du sieur Bouſſemart.

TABLE DES MATIÈRES.

www.ingramcontent.com/pod-product-compliance
Lightning Source LLC
Chambersburg PA
CBHW051829020726
47502CB00005B/1695